Robert Polzar
Zuhause bei Hitlers

Impressum

1. Auflage Februar 2013

Umschlaggestaltung: [D] Ligo design + development
Titelbild: © Simon Höfer
Lektorat: Miriam Spies
Satz: Fred Uhde (www.buch-satz-illustration.de)

ISBN: 978-3-942920-23-0

Hat Dir das Buch gefallen? Schreib uns Deine Meinung unter:
info@unsichtbar-verlag.de
Mehr Infos jederzeit im Web unter www.unsichtbar-verlag.de

Unsichtbar Verlag | Wellenburger Str. 1 | 86420 Diedorf

Robert Polzar

Zuhause bei Hitlers

– Die Bunker WG-Chroniken –
Oder: Leben und Sterben eines Masseurs

UNSICHTBAR
VERLAG

Weimarer Republik

»Drei, zwo, eins – die Wohnung geht an die Herren in der zweiten Reihe!«

Dieser Herren war ich keiner – oder anders gesagt: Ich saß in der vierten Reihe. Auf der anderen Seite des Saales. »Scheiße«, sagte ich folgerichtig. Ich brauchte eine Wohnung und soziale Zwangsversteigerungen schienen der günstigste Weg, an eine zu kommen, ohne sich auf Jahre hin verschulden zu müssen.

Scheiße noch einmal.

Neben mir raschelte es. Ein Haarwust, an den von Tingeltangel-Bob erinnernd, neigte sich zu mir. Ob die Bewegung von einer Art Körper darunter oder aus einem haarigen Inneren, was wiederum für eine dortige starke Besiedlung und urwaldähnliche Verhältnisse gesprochen hätte, kam, hätte ich nicht zu sagen gewusst.

Eines von beiden Phänomenen sagte: »Mist.«

Ich sagte: »Helge?«

Es musste Helge Schneider sein, alleine schon wegen der Perücke.

»Nein, Hitler!«, antwortete das Haarwust. »Hitler mein Name, sehr erfreut.«

Es war Helge Schneider, hundert Pro. Helge, oder sein jahrelang verschwundener Zwillingsbruder.

»Sie kennen mich sicher!«, sagte die seltsam verdrehte sonore Stimme weiter und unterbrach meine Gedanken.

»Ja«, strahlte ich die Haare an, »aus dem Fernsehen.«

Ein erhobener Zeigefinger schob sich durch den Keratinvorhang, reckte sich noch ein bisschen höher und die Stimme sagte: »Und aus der Geschichte.«

So habe ich Hitler kennen gelernt.

Godot ist tot. Davon bin ich fest überzeugt. Die Häufigkeit der Aufführungen, sowohl zeitlicher als auch räumlicher Natur, in denen man auf ihn wartet in Relation zu der Tatsache, dass er bis heute in keiner einzigen aufgetaucht ist, legt die Vermutung nah, dass er tot, ausgewandert, in den Untergrund abgetaucht ist oder schlicht und ergreifend nicht gerne ins Theater geht. Demgegenüber kann man auf etliche einmal lebendig gesichtete Estragons und Vladimirs zurückblicken, die periodisch durch andere Darsteller ersetzt werden. Paradox? Vielleicht, aber in seiner inhärenten Logik schlecht widerlegbar. Das Einzige, was mich vom Gegenteil überzeugen könnte, wäre Godot selbst. Aber Godot ist nicht da. Es bleibt also weiterhin nichts, als auf ihn zu warten.

»WG-Heil!«, rief Hitler und wir prosteten uns gegenseitig mit naturtrübem Apfelsaft zu.

Wir hatten es geschafft, wobei *es* sich auf den Erwerb, beziehungsweise die Anmietung einer Immobilie bezog. Nach der misslungenen Auktionsgeschichte hatten Helge/Hitler und ich E-Mail-Adressen getauscht und fortan gemeinsam das Web nach lohnenswerten Objekten durchstreift, die wir anschließend besichtigten. Bei unserer ersten Begehung war ich als Erster vor Ort und smalltalkte gerade mit dem Vermieter vor der Haustür, als mir für einen kurzen Moment das Herz tief in den Schritt sank, denn vor meinem inneren Auge hatte sich das Bild eines Hitlers geformt, der mit einem altertümlichen Führerwagen mit Fähnchen an den Seiten und Fähnrich am Steuer zum Besichtigungstermin vorfährt. Aber er kam dann mit seinem Fahrrad, genau wie ich. Und am Fahrrad waren auch keine Fähnchen. Wahrscheinlich war es doch Helge.

Im Nachhinein betrachtet fasziniert mich immer noch unser Durchhaltevermögen, oder mein Wahnsinn. Ich suchte knapp sechs Monate verbissen mit jemandem, den ich so gut wie gar nicht kannte und der weit schwerwiegendere Seltsamkeiten aufwies, als nach Helge Schneider zu klingen, nach einem Vermieter, der seine Wohnung an zwei sich gegenseitig größtenteils unbekannte Männer vermieten würde, die gar keinen Hehl daraus machten, dass sie diese als WG nutzen wollten. Erschwerend kam hinzu, dass einer von den beiden nur aus Haaren bestand und auch der andere nicht wusste, ob ersterer ein Gesicht hatte und wenn ja, wie es aussah.

Die Rettung kam schließlich in Form eines Zimmers zu viel. Eigentlich sogar zweier. Hatten wir ursprünglich nach zwei Zimmern (Herren- und Dienerzimmer) gesucht, weiteten wir unsere Suche nach ein paar Wochen auch auf Drei-Zimmer-Wohnungen aus.

»Dann hätten wir auch ein Audienzzimmer!«, wie Hitler/Helge argumentierte.

Ich hatte die Hoffnung eigentlich schon aufgegeben und begonnen, im Geheimen nach Ein-Zimmer-Wohnungen für mich selbst zu suchen, aber Hitler war unermüdlich und schleppte mich schließlich in ein altes, etwas schief stehendes, aber auffällig hohes Haus. Die Holztreppe knarzte aufgebracht über die ungewohnte Belastung, der Putz rieselte zwar nicht von den Wänden, wirkte aber wie etwas, das einen Angriff plant und es roch nach einem bewegten Leben und vielen Toden.

»Der Geruch kommt vom Restaurant unten herauf, aber machen Sie sich keine Sorgen, der reicht nur bis zum ersten Stock. Ab dem zweiten Stock haben Sie die frischeste Luft der Stadt«, sagte der Eigentümer der Wohnung, der uns, entspannt an den Türrahmen am Wohnungseingang gelehnt, erwartete. Mal ein angenehmes Bild: Ein Besitzer, der weder bei Hitlers noch bei meinem Anblick das Gesicht verzieht und auch kein Makler, der kein Gesicht hat, das er verziehen könnte, weil er aus Berufsgründen eine Maske trägt. Selbst dass Hitler kein Gesicht hatte, brachte den Vermieter nicht dazu, das seinige zu verziehen. »Dann kommen Sie mal rein, die Herren.«

»Richtig«, sagte Hitler nur und wir tappten in die Wohnung.

Was uns vom ersten Augenblick an faszinierte weiß ich nicht mehr, denn es stimmte gar nichts. Die Winkel waren ungerade, der Boden bewegte sich, wenn man drüber lief, der Straßenverkehr übertönte jedes Gespräch, wenn man das Fenster öffnete und statt drei gleich großer Zimmer gab es eine Besenkammer, ein Herrschafts- und ein Palastzimmer, wobei das Palastzimmer ein Durchgangszimmer war und damit unbewohnbar. Prima war allerdings das Wohn- bzw. Herrschaftszimmer, weil auch als Audienzzimmer nutzbar. Alles in allem war das Anwesen aber für uns beide viel zu groß. Die Miete war ebenfalls ein Thema, denn wenn auch für Größe und Lage günstig, überstieg sie doch unser Budget, zumindest meines. Dazu kamen der Geruch, der Lärm und der generelle Zustand der Substanz.

»Wir nehmen es«, sagte Hitler in meine Gedanken.

Ungläubig drehte ich mich um und sah, wie sich die beiden Männer einvernehmlich zunickten. Ich nahm Anlauf, blieb aber mit meinem Schuh an einem herausstehenden Stück Parkett hängen und sie schüttelten sich die Hände, ehe ich dazwischen springen konnte. So raste mein ausgestreckter Arm statt als Blitz zwischen zwei Leiter direkt in einen davon hinein, und das war ausgerechnet die Hand des Vermieters. Der Pakt war besiegelt.

Blitzkrieg in seiner reinsten Form.

Bei einem sonnigen Weizen in einem der Lokale am Fluss fragte ich Hitler, ob er jetzt völlig größenwahnsinnig geworden sei und wie er das Ganze zu finanzieren gedenke. Er trank ruhig von seinem Bier und schien den Ernst der Frage nicht wirklich ernst zu nehmen. »Wir gründen eine WG«, sagte er, als wäre die Antwort an sich doch völlig offensichtlich. »Das tun wir sowieso schon!«, hielt ich entgegen.

»Dann vergrößern wir sie halt. Ein guter Führer kann auch über viele Völker herrschen.« Er nahm noch einen Schluck Bier.

»Ein guter Führer vergisst aber nicht, dass die Zimmer völlig WG-ungeeignet sind! Eins ist zu klein, eins zu groß und dazu auch noch ein Durchgangszimmer. Wenn du nicht gerade vorhast, Schlafsäle aufzumachen, weiß ich nicht, wie du dir das vorstellst.«

Bei dem Wort *Schlafsäle* leuchteten die Haare über seinen Augen unangenehm auf, aber zum Glück vertiefte er den Gedanken nicht weiter.

»Was nicht passt, wird passend gemacht«, belehrte er mich schließlich.

Ah ja, alles klar. »Und wie willst du das anstellen?«

Seine Haare bekamen einen verträumten Schimmer: »Wir bauen eine Mauer!«

»Geschmeidige Mitbewohner für Gründung einer WG unter strenger Führung mit vielen Freiheiten gesucht«, lautete der Text der Anzeige, die wir im Netz schalteten. Diese wenigen Zeilen beschrieben uns besser als alles andere. Sie waren schräg, verwirrt, versuchten kläglich zu imponieren und zeigten gleichzeitig den vielleicht ungewollten, aber unbestreitbar vorhandenen Humor ihrer Anzeigenaufgeber. Es klang nach WG in Reinform und machte keinen Hehl aus dem Wahnsinn, der eventuelle Interessenten erwartete.

Wahnsinn auf wenigen Quadratmetern. Es fing damit an, dass wir mehrere Türen aushängten, weil sie uns im Allgemeinen und Hitlers Plänen im Besonderen im Weg standen. Parallel dazu bauten wir Wände ein, funktionierten andere Wände um und hatten am Ende – statt der ursprünglich gemieteten Wohnung mit Küche, Schlafzimmer, Büro und Wohnzimmer – ein Vier-Zimmer-Ungetüm mit einer Küche und einem Multifunktionsflur, wobei wir das große Zimmer so geteilt hatten, dass Hitler auf der West- und ich auf der Ostseite leben konnte, getrennt von einer zarten, selbst angeschraubten Mauer aus dünnen Gipsplatten mit etwas Dämmwolle zwischendrin – fast so wie in der Geschichte.

»Geht doch!«, war Hitlers Kommentar, als wir die letzte Leiste verklebt hatten und unser Werk ehrfürchtig betrachteten. Er klopfte die Hände aneinander ab und ging in die Küche um seinen Waldmeister anzusetzen. In der folgenden Stunde erschien unsere Anzeige auf den einschlägigen Wohngemeinschaftsvermittlungsseiten im Internet und in der Stunde danach hatten wir bereits 57 Anfragen von potenziellen Mitbewohnern, die sich nach strenger Führung sehnten.

Man muss dazu sagen, dass wir nicht einfach irgendwo wohnten. Wir wohnten mitten in der Stadt, die mitten im Land lag. In der Tat hatte der Vermieter uns die sowieso schon bilderbüchliche Lage noch schmackhafter gemacht, als er erzählte, dass der Fluss, an dessen Südseite das Haus angesiedelt war, unter Geographen als natürliche Trennlinie zwischen Nord- und Südeuropa galt und wir uns sozusagen am nördlichsten Zipfel Südeuropas befanden, aber eben immer noch in Südeuropa. Wer hätte so einer Argumentation schon widerstehen können? Aldi hatte seine Grenze übrigens woanders gezogen, aber auch die Albrecht-Brüder konnten ja nicht immer richtig liegen. Außerdem war die Aldigrenze nicht wirklich weit von uns entfernt, und so schoben wir den Unterschied auf die Politik und waren sicher, auch Karl hätte gerne da gewohnt, wo wir jetzt wohnten.

Ehe wir uns selbst eingelebt und eine Identität als Kommune entwickelt hatten, mussten wir eine solche nach außen hin vertreten und auch noch die am besten zu ihr passenden Mitglieder aussuchen.

Mit etwas Mühe konnte ich Hitler dazu überreden, bei den Bewerbercastings ohne militärische Insignien aufzutreten und sich nicht zum Spaß einen Schnurrbart wie sein

Namensvetter stehen zu lassen. Mein final schlagendes Argument war, dass man den unter den ganzen Haaren ja gar nicht sehen würde. Ich war der Meinung, dass der geneigte Durchschnitts-WG-Bewerber mit Hitlers normaler Erscheinung schon überfordert genug sein würde.

Am Ende einer ziemlich anstrengenden Woche zwischen Castings, Kisten und Kartons hatten wir schließlich zwei ideale Mitbewohner, die auch nach dem Gespräch immer noch willens waren, mit uns zusammenzuleben: den Marèchal und die Schneekönigin.

Der Marèchal – Österreicher first – kam aus Niederösterreich und würde, das war uns sofort klar, einen angenehm ruhigen Gegenpol zum Rest der Belegschaft bilden. Deswegen hatte er sich auch für den Accent Grave über seinem Beinamen entschieden. Er punktete im Gespräch vor allem dadurch, dass er viel zuhörte, beinahe einen festen Job hatte und sich von Hitlers Vorstellung als Hitler nicht verunsichern ließ, obwohl seine eigene Familie aus Braunau stammte, ein Fakt, bei dessen Erwähnung Hitler auf seinem Stuhl ganz hibbelig wurde.

Weniger aus Begeisterung, wie ich vermutete, sondern eher, weil er Enttarnung fürchtete. Dem aufmerksamen Leser wird schon lange klar sein, was der Marèchal zu diesem Zeitpunkt noch nicht wissen konnte: In Wirklichkeit hieß Hitler nämlich gar nicht Hitler. Doch dazu später mehr.

Der Marèchal war es auch, der uns die Schneekönigin vorstellte, seine Cousine, was uns die Kombination aus den beiden und uns beiden zusätzlich erleichterte.

Die Schneekönigin bestand im Gegensatz zu ihrem eher stillen, zurückgezogenen und nach außen hin emotionsarmen Cousin zu 95 % aus einem Lächeln, das so weiß war wie die Nase von Veronika Ferres auf einer beliebigen Abendveranstaltung. Sprach man sie an, drehte sich ihr Gesicht zum dem des Sprechers und auf dem ihren zog ein Lächeln auf, wie Sonnen in Filmen aus den fünfziger Jahren, in einer atemberaubenden Blende, die einen kurz jeden Kontakt zur eigentlich Filmhandlung verlieren lassen. Blinded by the smile wollte man sich am liebsten zum Fuße des Lächelns begeben, sich dort einkuscheln, in Fötushaltung am Daumen nuckeln und gelegentlich *Mama* vor sich hin nuscheln, während die Mutter aller menschlicher Wärme über einen wachte und einen beschützte.

Selbst Hitler wurde bei ihren Ausführungen ungewöhnlich ruhig und bewegungsarm. Seine Haare hingen kraftlos oder entspannt in nur ganz leichten Wellen herab, statt, wie sonst, in gespannten Locken die ganze Zeit auf und ab zu federn. Und außer einem gelegentlichen »Humpf!« hörte man minutenlang keinen Ton von ihm, während die Schneekönigin uns etwas über sich erzählte. Was genau sie uns erzählte, hatte zumindest ich in weniger als Sekundenbruchteilen schon längst wieder vergessen, war ich doch mehr darum bemüht, so viel wie möglich von diesem Lächeln abzubekommen. Ich kam mir vor wie ein deutscher Angestellter, der es nach fünf Jahren Durcharbeiten zum ersten Mal wieder an einen Strand am Mittelmeer geschafft hat und entschlossen ist, erst wieder zu gehen, wenn er die Mittelmeersonne wenigstens in kleinen Portionen in seinen Hautzellen mit nach Hause nehmen kann.

Ja, ich saß neben Hitler und versuchte braun zu werden.

Mein Name ist Paul. Paul heißen Leute, deren Eltern weder viel Phantasie, noch viel Zeit zum Nachdenken übrig hatten. Paul ist kurz, bündig, quadratisch, praktisch, gut und so entwaffnend harmlos altmodisch, dass man sich mit dem Namen zumindest keine Feinde machen kann.

Als ich in die Pubertät kam, versuchte ich meinen Freundeskreis dazu zu bringen, mich Pole zu nennen. Englisch ausgesprochen: Poul. Zum einen, weil es der englischen Aussprache von Paul, in etwa Poool, ähnlich klingt und meinem Mittelstandsnamen wenigstens einen Hauch von Glamour verliehen hätte, zum anderen wegen der englischen Bedeutung: Stange. Es gibt einen berühmten Pornostar, der Peter North heißt und dessen Spitzname *The North Pole* ist, wegen seines riesigen Schwanzes. Natürlich ging das nach hinten los. Nachdem ich meinen Wunschnamen einmal für meine Freunde buchstabiert hatte, nannten mich alle nur noch den Polen. Der Name blieb an mir kleben, das Image, das ich eigentlich hatte erreichen wollen, leider nicht. Als ich mit der Schule durch war, flüchtete ich aus meinem Vorort in die Anonymität der großen Stadt, an deren Rand ich sowieso schon wohnte, aber das ist ja das Tolle an großen Städten, es gibt immer noch einen Winkel, in dem einen niemand kennt und wo man komplett von vorne anfangen kann.

Wie klein große Städte dann doch sein können, erlebte ich, als ich eines Abends in meiner Lieblingsbar an der Theke saß, einem Multi-Kulti-Schmelztiegel, in dem es jede Nationalität vom Nordostmeer bis zum Suezkanal gab. Plötzlich brüllte jemand durch den ganzen Raum: »Da ist ja der alte Pole!«, und klopfte der Steinskulptur, zu der ich in Sekundenbruchteilen geworden war, kumpelhaft auf die Schulter. Die von jeher nicht allzu große Freude, einen ehemaligen Schulkameraden zu treffen, wurde durch die ein wenig mehr als intensiv fragend blickenden Augen der umstehenden Schwarzrussen und Albaner mit spitzen Billardstöcken in den Händen hinreichend getrübt. Gekrönt wurde die Situation durch die Tatsache, dass der »Freund« nur einen blöden Spruch drücken wollte, um sich anschließend sofort mit der Bemerkung: »Du, ich muss leider los, kannst in Ruhe weiter Pornos gucken, ha, ha, ha!«, direkt wieder zu verabschieden. Mein Blick streifte den der Russen im Spiegel des TV-Bildschirms über der Bar, auf dem gerade Ost-MTV-Videos mit halb bekleideten Schönheiten liefen. Seit diesem Intermezzo war besagte Bar die längste Zeit meine Lieblingsbar gewesen.

Nur eine Tür weiter war zum Glück eine brasilianische Bar, in die noch nie jemand jemanden aus meiner ehemaligen Lieblingsbar auch nur einen Fuß hineinsetzen sehen hatte. Sie wurde meine neue Stammkneipe und obwohl keine zehn Meter Luftlinie von meinem neuen Stammhocker am Tresen ein bleistiftspitz gefeilter Billardqueue auf meinen Brustkorb wartete, traf ich nie wieder einen von denen, die so einen Queue auch technisch akkurat zu werfen wussten. Ich war in einem neuen Hafen und in Sicherheit und es ging ganz einfach. Habe ich schon gesagt, dass ich Städte liebe?

Städte sind der einzige Ort, am dem Paulchen schleichen kann. Für die Natur ist der Mensch einfach zu groß. Gehen Sie doch mal auf ein beliebiges Feld und schleichen Sie im Rhythmus der Titelmelodie des rosaroten Panthers vor sich hin. Wenn keiner der Feldhasen Sie vorher frisst, steht nach wenigen Minuten ein Bauer, der gleichzeitig Sohn und Bruder seines Vaters ist, vor Ihnen und fragt Sie, was Sie auf seinem Land verloren haben und wahrscheinlich auch, ob Sie schwul sind. Tun Sie dasselbe im Wald, überholen Sie immer noch jeden spazierengehenden Rentner und da der Sie aufgrund des Gehstils automatisch für einen Perversen hält, lässt er seinen Dackel umgehend die Arbeit erledigen, die der Feldhase liegen gelassen hat.

Schleichen Sie dagegen in der Stadt, kratzt das niemanden. Es ist zu laut, als dass jemand den Unterschied zum normalen Gehen hören würde und dass es komisch aussieht, merkt in einer Umgebung, in der jeder, um wenigstens ein bisschen aus der Masse heraus zu stechen, komisch auszusehen versucht, auch niemand mehr. Es ist idiotensicher und vielleicht das ein oder andere Mal lebensrettend. Als ich nach diesem letzten Bier in der Russenkneipe zur Ausgangstür schlich und die Anwesenden noch rätselten, was ich da eigentlich machte, da war ich schon draußen. Viele von ihnen kamen aus dünn besiedelten Gegenden …

Nun ja, wo waren wir? Nach der Schule also kam die Ausbildung. Ein Studium der Philosophie, auf der Suche nach Höherem, nicht wissend, dass es in der Philosophie so gut wie nur Niederungen gibt, wie etwa bei einem Aktienkurs, der auf dem Chart schon am horizontalen Balken klebt, bei dem es aber immer noch ein paar Prozentpunkte abwärts geht. Eine Wissenschaft, in der die Hauptdenker Systeme erfinden, die nur innerhalb gegebener Regeln funktionieren und nicht innerhalb einer realen Welt oder in der man ein ganzes Semester (also atemberaubende drei aktive Monate) damit verbringt, eine wahnsinnig interessant und durchdacht klingende These zu widerlegen, weil sie sich eben nicht generell anwenden lässt, *Freundschaft zum Wissen* (eben Philos/Freund von Sophie/Wissen) zu nennen, ist entweder blanke Ironie, oder so wörtlich gemeint, dass den Philosophen letztendlich nichts vom Wissen bleibt, als eine freundschaftliche Verbundenheit, ohne selbst davon betroffen zu sein.

Die einzige Veranstaltung, an die ich mich bildlich erinnere, ist eine damals außerhalb der regulären Vorlesungen stattfindende und von den Teilnehmern eines Logikseminars besuchte Stunde, eine Vorbereitung auf ein Kolloquium mit dem Thema: »Buddhismus und andere fernöstliche Philosophien.« In gleicher Anordnung wie auf dem berühmten Gemälde zum letzten Abendmahl von Leonardo da Vinci, drapierten sich an einem Winternachmittag bei Kaffee und Keksen um einen Tisch im Philosophischen Café der Uni: der Professor (in der Mitte des Bildes), ein Urbayer mit einer gesunden Verachtung für die Landesbürger der von ihm unterrichteten Metropole; links neben ihm (vom Betrachter aus) ein sich auf der Reise befindender buddhistischer Mahayana-Mönch in traditionellen Gewändern, also einem um den Körper gewickelten orangeroten Tuch, und dessen Übersetzer, ein ursprünglich Maschinenbau studierender Hamburger in seinen Mittzwanzigern mit Brille.

Die Studenten, mit ähnlich hingebungsvollen Gesichtern wie die Vorlagen bei Leonardo, ergingen sich in furchtbaren Schleimereien und Rezitationen von pseudointelligenten Textpassagen, bis eine heilige Stille sich über den Tisch senkte, weil der Professor ein Rätsel zu verkünden ansetzte.

»Wenn Sie«, begann er, »einem Esel einen Eimer Bier und einen Eimer Wasser hinstellen, was davon wird er trinken?«

Die Studenten steckten die Köpfe zusammen und berieten fieberhaft. Es galt, sich der Frage und somit der Aufmerksamkeit des Professors würdig zu erweisen, aber auf keinen Fall durfte es zu lange dauern; manchen der Anwesenden brach der Schweiß beim Anblick der die Zeit an sich symbolisierenden brennenden Kerze auf dem Tisch deutlich schneller aus, als durch ihre strategisch herausragende Sitzposition neben dem Professor und vor der Heizung.

Schließlich, nach minutenlangem Kampf, brachte man die Antwort dar: Er werde das Wasser trinken.

Der Professor nickte nachdenklich, betrachtete einen unsichtbaren Punkt irgendwo zwischen seiner Nasenspitze und der Tischplatte und sagte dann leise, aber so, dass alle es hören konnten (denn niemand wagte zu atmen): »Das stimmt. Aber warum?«

Ehe sich alle wieder beraten konnten, ergriff ein mutiger, unerschrockener, nur zwei Plätze vom Professor entfernt sitzender Student das Wort und verkündete: »Weil es ein Tier ist, mit einem stärkeren Instinkt als der Mensch. Es wird das reine Getränk von dem unreinen unterscheiden.« Wieder Stille. Der mutige Student atmete heftig, presste seinen Mund aber fest zusammen, damit niemand es merkte und sein Kopf pumpte sich rhythmisch auf und behalf sich aufgrund einer nicht zur Verfügung stehenden Nasenatmung mit den Ohren, die leise quietschten. Die anderen, überrumpelt erst, dann doch glücklich, nicht selbst auf die Lösung gekommen sein zu müssen, blickten sich inquisitiv an und nickten dann ebenso heftig in allgemeinem Einverständnis. Ja, das musste es sein! Erwartungsvoll betrachtete jedes Staubkorn im Philosophischen Café das unbewegte Gesicht des Meisters. Schließlich grinste er breit, hob sein Paulaner, das er sich mitgebracht hatte, weil es im Café nichts Härteres gab als grünen Tee und sagte: »Nein, weil er ein Esel ist. Prost!«

Ich saß am Nebentisch, hob meine Bionade und rief: »Prost!« zurück in die entsetzte Stille. Ich hatte für eine vollkommen sinnlose Hausaufgabe etwas vollkommen

Sinnloses recherchieren müssen und die letzte halbe Stunde damit verbracht, zu versuchen, mich zu entscheiden, ob ich, sollte man mich mit Gewalt zu einer Entscheidung zwingen, meine Zeit lieber weiter mit der Hausaufgabe oder am Nebentisch vergeuden würde, aber der Witz rettete mir den Tag.

Danach beschloss ich, dass Wissen woanders zu finden war, als in den Hörsälen eines philosophischen Instituts.

In der Tat machte sich in mir die Überzeugung breit, dass Intelligenz angeboren sein muss und dass diejenigen, die dazu genetisch vorgesehen sind, beinahe von selbst Wissen aufsaugen, während es die anderen auf dem Feld nie zu etwas bringen können, das nicht krampfhaft angelernt oder abgelesen wird. Da die Universität ein Ort ist, an dem in den meisten Fächern die Grundbegabung vorausgesetzt und darauf aufbauend eine enorme Wissensbreite vermittelt wird, war ich nicht grundsätzlich am falschen Ort, dachte ich, sondern lediglich im falschen Fach. Hatten mich bei der Begrüßungsveranstaltung die Worte des Fachbereichleiters noch begeistert, als er uns erstaunlich kühl und sachlich – also intelligent, sprich: das Gegenteil von allem, was danach kommen sollte – mitgeteilt hatte, er würde uns unter normalen Umständen vom Studium der Philosophie abraten, damit fände man keinen Job, schließlich sei seine Stelle ja schon besetzt, »Hö, hö«, jedoch sehe es bei der heutigen Wirtschaftslage ja so aus, dass man nirgendwo mehr einen Job fände, daher sei es im Grunde auch egal, Hauptsache wir seien weg von der Straße, folgte die Ernüchterung spätestens im ersten Seminar, in dem ich saß und mich fragte, warum erwachsene Menschen mit so einem hohlen Gedöns ihre Zeit verschwendeten.

Nach drei missglückten Semestern wechselte ich zur Psychologie und musste feststellen, dass die Philosophen echte Weise gewesen waren im Gegensatz zu den Psychologen, die eigentlich gar nichts wussten und getreu der Devise *Bis jetzt war das immer so, also vermuten wir, dass es auch so bleiben wird* handelten. Echte wissenschaftliche Erkenntnisse waren auch hier Fehlanzeige. Es war grotesk. Nachdem ich eineinhalb Jahre damit verbracht hatte, Wissen als abhängig von den Umständen zu definieren, zeigte sich, dass in Relation zur Psychologie die Philosophie die Bezeichnung Wissenschaft verdiente, während die Psychologie nicht über die Statistik hinauskam.

Freud ist nicht nur deshalb so bekannt, weil er der Letzte seiner Zunft war, der wirklich gute Ideen hatte. Seitdem dreht sich die auch als *Lebenslehre* übersetzbare Disziplin im Kreis und lebt von Tabellen, Medikamenten und dem geschickt nach außen vermittelten Image, völlig anders als Küchenpsychologie zu sein, die ja Teufelswerk und in den Händen Unbedarfter gefährlich ist.

Mein Aha-Erlebnis in dieser Disziplin hatte ich, als ich am drittletzten Vorlesungstag eines Seminars, in das zu gehen ich mir nach dem zweiten Vorlesungstag aufgrund gähnender Langeweile gespart hatte, wieder mal erschien, um Termin, Raum und Thema der Abschlussprüfung in Erfahrung zu bringen und unversehens in die Prüfung selbst geriet. Prüfungsthema: ein Buch, das ich nie gelesen und dessen Inhalt mich nie interessiert hatte.

Ich entschied, dass es jetzt auch egal war, setzte mich hin und beantwortete die Fragen nach Gutdünken. Ich schrieb mit einer Zwei plus die drittbeste von achtundzwanzig Arbeiten und beschloss, dass mir auch die Psychologie genug Zeit gestohlen hatte.

Danach wurde ich Physiotherapeut. Es mag wie ein seltsamer Schritt aussehen, aber wenn ich im Sommer in den Uniparks auf der Wiese saß und lernte, verbrachte ich die meiste Zeit damit, die Menschen um mich herum zu beobachten und hatte jedes Mal den Eindruck, dass ihre Körper mehr über sie verrieten, als es ihre Worte jemals in der Lage sein würden. Die Art, wie jemand ging, die Beschaffenheit von Händen und Füßen, das Bewegungskauderwelsch der Jogger, all das schien zu mir zu sprechen und ich wollte lernen, es zu verstehen. Außerdem passte das Fach so gut ins Muster: Philosophie – Psychologie – Physiotherapie. PPP und -ie am Ende. Grandios.

Ok, das ist natürlich nur eine schöne Geschichte. In Wirklichkeit war es so, dass ich eines Morgens aufstand und eine Stimme in meinem Kopf mir unvermittelt sagte: »Werde Physiotherapeut, Unwürdiger.«

Da man Stimmen im Kopf nicht widersprechen soll, habe ich das getan. Ganz einfach.

Der Rest war eine Frage des richtigen Telefonbuchs und genialer Organisation.

Und ein Teil dieser Organisation waren WGs.

WGs sind Mikrokosmen mit Makroproblemen. Manchmal auch mit guten. Próvlema im Griechischen bedeutet *das Vorgelegte* oder freier *das Vorliegende*. Die Beobachtung einer einzigen WG reicht meiner Meinung nach aus, Erkenntnisse über die komplette Menschheit zu erlangen, so wie Siddhartha die Beobachtung des Flusses gereicht hat, um erleuchtet zu werden – eine Gefahr, die bei der WG-Beobachtung eher nicht besteht.

In etwa wie in *Kitchen Stories*. Ein norwegischer Film, halb Komödie, halb Drama, in dem ein Marktforschungsinstitut beschließt, das Küchenverhalten alleinstehender Männer zu beobachten, um den Küchenausstattungsmarkt daran anzupassen. Zu diesem Zweck werden Inspektoren eingesetzt, die von einem Hochsitz mitten in der Küche aus jene Männer beobachten und ihre Tätigkeiten aufzeichnen, allerdings unter dem Verbot, mit ihnen zu kommunizieren, da das die Reinheit der Analyse verderben würde. Herrlich grotesk und schwachsinnig. Der Film nimmt seine dramatische Wendung, als einer der Beobachteten auf den Dachboden steigt, dort ein Loch in den Boden über der Küche bohrt und seinerseits anfängt, den Beobachter zu beobachten. Ein völlig normales Verhalten für jeden, der schon einmal einen Mitbewohner gehasst oder verdächtigt oder beides hat.

Erst als einer der beiden am Ende stirbt, herrscht wieder vollkommene Harmonie. Auch das ist absolut aus dem Leben gegriffen. Nur ein toter verhasster Mitbewohner ist ein guter verhasster Mitbewohner. Und es gibt immer einen verhassten Mitbewohner.

Zum Glück war das bei uns anders. Bei all dem vielen Sonnenschein, den die Schneekönigin produzierte, war es unmöglich, auch nur die Idee von Schatten zu finden. Sie brannte uns unsere Schatten förmlich aus. Wie Sonnenblumen ihre Köpfe zur Sonne wenden, wandten sich all unsere Gedanken und Gefühle zu ihr, wenn sie auftauchte und es blieb einfach keine Perspektive für Hass untereinander.

Selbst in den langen Stunden, in denen sie oder wir nicht zu Hause waren, blieb dieses warme Gefühl in der Brust und neben der Sorge, sie könnte noch nicht zu Hause sein, wenn man die knarrende Treppe zur Wohnungstür am Abend hochstieg, war das Einzige, worüber man sich Gedanken machte, dass man sie bei der Begrüßung nicht aus Versehen mit Mama ansprach.

Leider blieb sie viel zu kurz. Diese Geschichte hätte vielleicht eine völlig andere Wendung genommen, wenn die Schneekönigin nicht schon nach einem Monat ausgezogen wäre, aber das ist sie und alles was danach kam, war ein weiterer Schritt in Richtung Abgrund.

Doch der Reihe nach. Wir waren also gerade eingezogen, hatten aus einer offenen, luftigen und hellen Wohnung ein düsteres und verwinkeltes Höhlensystem erschaffen und zwei liebreizende Mitbewohner – alle Zeichen auf Start.

Go. Hürde eins. Es war natürlich kein normales Haus. In einem normalen Haus wohnen Menschen. In unserem Haus wohnten unten Stühle und Tische, denn es war ein Restaurant. Der Besitzer, wir nennen ihn mal Harry, ein linksliberaler angehender Veganer mit einer atemberaubend schönen Frau und radikalen Ansichten, was das generelle Moralniveau der Menschheit betraf, und Hitler verstanden sich auf Anhieb nicht so gut, daher blieb die meiste Kommunikation mit ihm an mir hängen, was ich im Nachhinein gemischt werten würde. Harry war nett, aber elendig neugierig. Er hatte zwei Gasträume, da er die angrenzende Garage als Küchenstudio ausgebaut hatte und daher führte der Weg ins Haus und raus unweigerlich durch sein Restaurant. Da die vegane Gemeinde dieser Welt selten die Haute Cuisine, die Harry unbestritten bot, frequentiert, sondern eher ihr eigenes Süppchen kocht und im Zweifelsfall aus ebenfalls eher linksorientierten und establishmentfeindlichen Genossen besteht, hatte Harry wenig zu tun und viel Zeit, seine Nase in alles mögliche andere zu stecken. Im Stecken war er groß, das bewies der runde Bauch seiner ansonsten elfenhaften Frau, die ruhig viel neugieriger auf uns hätte sein können, doch ehe sich die Beziehungen untereinander festigen konnten, war Harry eines Tages weg.

Zu wenig Gäste, Mieterhöhungen, Umsatzprobleme, wir konnten nur mutmaßen. Jedenfalls stand eines Tages ein kleiner Franzose in Harrys Restaurant und begrüßte mich, als ich mein Fahrrad durch seinen Gastraum schob, mit: »Bonjour, isch bin ’arry.« Ich bemühte mich, nicht zu lachen und sagte: »Natürlich.« Dann stellte ich mich vor und versuchte so zu tun, als sei ich keinen Meter von seiner Anwesenheit überrascht und voll im Bilde, um den Anschein zu vermitteln, dass die Hitler-WG sämtliche Vorgänge in diesem Haus unter Kontrolle hatte – um gleich mal die Machtverhältnisse klarzustellen. Schließlich hatten wir mit unseren drei Wochen Wohnzeit so was wie Hausrecht und ’arry war gerade mal einen Tag drin.

Das Gebaren wirkte nicht. Selbst Hitler konnte nicht verhindern, dass wir bereits nach einer Woche unsere Vorherrschaft an ’arry abtraten.

Angefangen hatte es damit, dass er uns mit Wein gefügig machte. Er lud uns jeden Abend in sein noch nicht wiedereröffnetes Restaurant ein, um sich nach den anstrengenden Renovierungsarbeiten des Tages Entspannung in angenehmer Runde zu verschaffen. Er spendierte reichlich aus Harrys ehemaligem Weinkeller, machte Witze, die keiner verstand und lachte bei unseren Witzen an der falschen Stelle, aber dennoch fühlten wir uns geehrt, dass der Mann seine freie Zeit mit uns verbringen wollte und merkten erst nach einiger Zeit, dass da sonst niemand war.

Abgesehen von ein paar Mitgliedern der französischen Mafia, die sich vor allem mittags trinkend und rauchend bei ihm an einem Ecktisch einfanden, beschränkten sich ’arrys soziale Kontakte auf Lieferanten und Handwerker.

Das aktivierte den Mutterinstinkt der Schneekönigin, die auf einmal immer später nach Hause kam und jedes Mal leicht beschwipst erzählte, dass sie noch mit dem kleinen Franzosen ein Gläschen getrunken hatte. Als hätte es bei uns keinen Wein gegeben.

Das belastete natürlich die deutsch-französische Beziehung im Haus und da das Schicksal gerne Domino spielt, betrat nun der Mann unter dem Dach die Bühne.

Der Mann unter dem Dach war blind. Und Anwalt. Erstaunlich. Man sollte meinen, ideale Voraussetzung für den von ihm gewählten Beruf, vielleicht knapp an der perfekten Lösung Richter vorbei, aber immerhin: Justiziar mit vom Schicksal verbundenen Augen.

Etwas stutzig wurden wir drei, also Hitler, der Marèchal und ich, als wir bei einem Glas Wein unter dem Dach erfuhren, dass der Anwalt Anwalt für Wirtschaftsrecht und für die Überwachung wertpapiergebundener Transaktionen an der Börse zuständig war. Also ein Blinder, der auf einem Computerbildschirm schnelle und kleine Zahlenkolonnen kontrollieren musste. Und da wundert sich jemand, warum die so lange ihr Geld schieben können, ehe die Sache auffliegt? Hitler verkniff sich die Frage, ob die letzten drei oder vier Börsenskandale während seinen Urlaubszeiten aufgedeckt wurden, denn was er noch erzählte, war viel spannender.

Anscheinend war ’arry kein Neuling im Haus, sondern hatte jahrelang unten seine Froschschenkel serviert, ehe das Schicksal auf familiärer Ebene ihn gezwungen hatte, mehrere Ortswechsel in seinem Leben vorzunehmen. Den Anwalt und ihn verbanden viele gemeinsame Jahre, in denen sie anscheinend gelernt hatten, sich zu hassen und – zumindest von Seiten des Anwalts – keines Blickes mehr zu würdigen.

»Außerdem«, weihte der Anwalt uns ein, »begrapscht er immer seine Aushilfinnen.«

»Huch!«, machten wir drei. Die Schneekönigin! Es war Abend, sie war noch nicht da gewesen, als wir der spontanen Einladung des Blinden gefolgt waren. Ein geschicktes Ablenkungsmanöver? Prophetische Warnung? Ich sah Hitler und den (anderen) Österreicher zucken, als wollten sie losrennen und unten nachsehen, aber das wäre zum einen unhöflich und zum anderen eine vielleicht übertriebene Reaktion gewesen. Die Schneekönigin war zwei Köpfe größer als der Franzose und sie wusste, wo er wohnte (nämlich unter uns, doch dazu gleich mehr), sie würde sich wehren können. Darüber hinaus erzählte uns der Anwalt in diesem Moment etwas, das unsere Aufmerksamkeit noch mehr fesselte, als seine Geschichten über Petit Napoléon: Er war gar nicht der Mann unter dem Dach.

»Nicht?«, fragte der Marèchal mit einem leicht kritischen Gesichtsausdruck. Die Art, wie er sich dabei zurücklehnte, verriet seinen abenteuerlichen Verdacht, aber der Anwalt war nicht der Typ für Geschlechtsumwandlungen. Behaupte ich mal. Außerdem löste er das Rätsel umgehend selbst:

»Es gibt noch eine Wohnung. Über meiner.«

Wir schauten uns an, nur der Anwalt blickte in die Mitte. Die Treppe im Haus endete an seiner Wohnungstür. Ich versuchte mich zu erinnern, ob neben seiner noch eine andere Tür gewesen war, aber da war keine. Hitler schließlich stellte die Frage, die mir auf der Zunge lag: »Und wie kommt man da hin? Gibt es eine Freitreppe oder so was?«

»Nein. Der einzige Weg ist mit dem Aufzug.«

Ja, wir hatten einen Aufzug, geiler Luxus. Teuer zwar, aber toll für Baumaterial.

Und jetzt klickte es in meinem Kopf: Die Taste mit der Vier war gar kein Scherz und es handelte sich bei dem Aufzug auch nicht um ein Standardmodell für ein- bis vierstöckige Häuser.

»Das heißt, wir können einfach so hoch in die Wohnung über dir fahren?«, fragte der Marèchal.

»Nein, das geht nur mit dem passenden Schlüssel.«

»Und den hat …?«, Hitler ließ seine Frage in der Luft schweben.

Der Anwalt machte eine theatralische Pause. Dann sagte er: »Den hat der Geist.«

Ein Geist! Wir wohnten in einem Spukhaus!

Cool.

Der Anwalt hatte einen Balkon zur Straße hin, der mir ehrlich gesagt nie aufgefallen wäre, wenn Hitler mich nicht irgendwann darauf hingewiesen hätte. Obwohl er fast so breit war wie unsere Wohnung und sich genau darüber befand. Das ist eines der seltsamen Dinge an unserem Haus: Es versucht oberhalb des Erdgeschosses nicht gesehen zu werden. Bei einem Haus ein ambitioniertes Anliegen, schließlich heißt es nicht umsonst *Im-Mobilie*, kann also nicht einfach dem Blick ausweichen und ich wüsste auch nicht, warum es so etwas tun sollte, aber aus irgendeinem Grund kostete es mich jedes Mal unglaubliche Überwindung, von der Straße aus die knappen sechs oder sieben Meter bis hoch auf unsere Fensterfront zu gucken, um zu sehen, wer gerade im Haus war. Fast so, als wolle sich das Haus bewusst wegducken. Jedenfalls sahen wir jetzt vom Balkon des Anwalts aus den kleinen Balkon, der sich noch über dem seinen befand. Er war von der Straße aus durch den großen Balkon verdeckt, vermutlich war er uns deswegen nie aufgefallen, wir hatten ja schon Probleme, den ersten zu sehen. Vielleicht aber wollte er auch nicht auffallen. Langsam fügten sich einzelne Teile zusammen. Die Klingel über der des Anwalts, außen an der Haustür, an der kein Namensschild klebte. Das seltsam pumpende Brummen im Haus, das immer aufhörte, wenn man anfing, nach seiner Quelle zu suchen. Der Aufzug, der sich manchmal mitten in der Nacht in Bewegung setzte, obwohl wir alle in der Wohnung vollzählig waren, der Anwalt offenkundig schon schlief und aus dem ersten Stock niemand Grund hatte, hochzufahren. Moment, ein Geist der Aufzug fährt?

»Mit der Wohnung ist es so«, begann der Anwalt in einer wegen des Straßenlärms nicht raunenden Stimme, »früher lebte da einmal eine alte Frau drin, der auch das ganze Haus gehörte. Sie hat den Aufzug einbauen lassen, weil sie zu alt war, die Treppe bis in den vierten Stock hochzusteigen. Aber seitdem sie gestorben ist, steht die Wohnung leer. Allerdings hat niemand die Schlüssel, die sind nach ihrem Tod seltsamerweise verschwunden. Und manchmal höre ich jemanden da oben herumlaufen«, jetzt flüsterte der Anwalt beinahe.

Ich fand es erstaunlich, dass er überhaupt mal etwas hörte, denn außer blind schien er auch taub zu sein. Wir hatten seit wir dort wohnten praktisch jedes Wochenende Gäste, laute Musik, offene Fenster, weil Sommer war, Leute, die im Treppenhaus rauchten und sich dort bis spät in die Nacht unterhielten und trotzdem hatte der Anwalt uns an diesem Abend, als wir uns zufällig auf der Treppe getroffen und er uns eingeladen hatte, mit den Worten: »Ach, die Herren sind noch da! Ich hatte Harry schon gefragt, ob ihr wieder ausgezogen seid, weil man von euch ja gar nichts mitkriegt«, begrüßt. Keine Ahnung ob er schon wusste, dass Harry nicht mehr da war.

Gehen wir ein vorletztes Mal die Verhältnisse im Haus durch: Wir hatten eine leere, beziehungsweise eine von einem Geist bewohnte Wohnung und einen taubblinden Anwalt, dessen Hass auf den Franzosen im Erdgeschoss im Laufe des Abends immer deutlicher geworden war, über uns.

Zwei Stockwerke.

Im Erdgeschoss, wo wir uns gerade die Vergewaltigung der Schneekönigin ausmalten, ein französisches Gourmetrestaurant to be und dann war da noch die Wohnung im ersten Stock.

Ebenfalls zwei Stockwerke. Wir in der Mitte. Die Wohnung im ersten Stock hatte jedoch einen erheblichen Vorteil gegenüber der unsrigen.

Der Anbau des Restaurants ragte weit in den Hinterhof hinein und erstreckte sich flächig über die gesamte Breite unserer Wohnfläche – perfekt für eine Sommerterrasse.

Wir hatten versucht, mit dem Wirt zu handeln und die Wohnung unter uns zu bekommen, aber aufgrund mehrerer Faktoren war das nicht gegangen. Die Wohnung selbst war im Moment roh gewesen, kein Putz, kein Boden, keinerlei Zubehör, während unser Exemplar mit Küche, Bad, Parkett, etc. direkt bezugsfertig gewesen war.

»Außerdem«, so setzte uns der Vermieter ins Bild, als wir ein Treffen realisierten, in dem wir ihm unseren Plan vorstellten, »hängt das Heizungssystem der Wohnung im ersten Stock mit dem des Restaurants zusammen, da die Wohnung ursprünglich für den Koch oder Besitzer desselben gebaut worden war.«

An dieser Stelle fragte ich, ob das Restaurant direkt mit dem Haus gebaut und die anderen Stockwerke vielleicht erst nachträglich aufgesetzt worden waren oder ob man die Wohnung später umgebaut hatte.

»Das weiß ich nicht«, sagte der Vermieter, »das Haus ist viel älter als ich, was ihr Jungspunde euch wahrscheinlich gar nicht vorstellen könnt. Ich weiß nur, dass das Grundstück früher zu einem Klosterkomplex gehörte, deswegen gibt es hier auch die ganzen Kellergewölbe.

Die Wohnung im ersten Stock müsst ihr euch leider aus dem Kopf schlagen, das wäre viel zu kompliziert mit der Gasabrechnung und der Warmwasserverteilung, et cetera. Außerdem ist das doch viel zu laut direkt über dem Gastraum, das geht nur, wenn man da auch arbeitet.«

Wenn er das Restaurant für laut hielt, hatte er nie bei Harry gegessen, aber das hatte ja auch sonst fast niemand. Noch schwelgten wir in paradiesischer Ruhe und auch die ersten Wochen mit dem Franzosen ließen uns noch nichts von dem ahnen, was da kommen sollte.

Nach diesem Gespräch sah ich Hitler oft gedankenverloren am Küchenfenster stehen und auf den Anbau ein Stockwerk unter uns gucken. Er hatte die Terrasse schon fertig geplant gehabt und mir einmal seine Baupläne gezeigt. Er war Physiker und die sind ja bekannt dafür, ihre Wochenenden zum Beispiel mit dem Einschmelzen von Kupfer oder dem Bau von kleinen Atomraketen zu verbringen, da war so eine kleine Terrasse eine leichte Übung.

Umso schlimmer traf es ihn, als der kleine Franzose seine Renovierungs- und Umbauwut von seinem Restaurant und seiner Wohnung auf den kleinen Anbau vor seinem Küchenfenster ausdehnte.

Mit 'arry war eine Armee von Handwerkern ins Haus gekommen. Er baute das komplette Restaurant, das Harry erst umgebaut hatte, in Rekordzeit zurück auf Anfang und ließ gleichzeitig in der unmöglich erscheinenden Zeitspanne von einer Woche die darüber liegende Wohnung in einen wohntauglichen Zustand bringen. Er muss in seinem letzten Leben auch Physiker oder etwas Ähnliches gewesen sein, denn eine seiner ersten Maßnahmen war die Ersetzung des Küchenfensters durch eine Küchentür. Ich wunderte mich nicht über den Haufen Steine, der eines Tages vor der Hauswand auf dem Anbau lag, aber Hitler schien es so lange ignorieren zu wollen, wie es ging. Als eines Tages eine LKW-Ladung zurechtgesägter Holzlatten und Gestänge eintraf und 'arry die Fundamente für die Freifläche legte, konnte jedoch auch Hitler es nicht mehr leugnen. 'arry hatte ihm seine Terrasse geklaut.

Was er machte, das machte er richtig. 'arrys Terrasse war sauber verarbeitet, hatte ein vorschriftsmäßiges Geländer und in der Mitte ein kleines Loch mit einem Betonfuß darunter, in das man wahlweise einen Sonnenschirm oder eine große Wäschespinne stecken konnte.

Binnen Tagen entstand unter unserem Küchenfenster ein Freiluftparadies mit stationärem Grill, einer Sitzgruppe aus dunklen Bastmöbeln und einem kleinen Stromanschluss für den im Sommer mit Bier und Limonade befüllten Kühlschrank.

Schwer zu sagen, was Hitler mehr wurmte – die Tatsache der Terrassenübernahme an sich oder dass die Terrasse des Franzosen ein perfektes Luxusressort war, während seine Version über die Basisvision nie hinaus gekommen war und er maximal von ein oder zwei Sonnenliegen und vielleicht einem Tischkicker darauf geträumt hatte.

Sicher war nur eins: Hitler plante Krieg gegen Frankreich.

Sah man über die Terrasse hinaus, konnte man in dem zwar engen, aber erstaunlich verwinkelten Hinterhof eine im Boden versenkte metallene Klappe erkennen, obwohl auch sie sich um jeden Preis zu verstecken versuchen schien. Diese Klappe war einer der Eingänge zu einem Teil der Kellergewölbe. Diese Gewölbe – unser Vermieter hatte es ja schon erwähnt – waren Teile der alten Klosterkeller. Dem Bericht des Vermieters nach hatte hier ein Frauenkloster gestanden, daher waren die Chancen, auf alte Weinlager oder ein paar versteckte Leichen zu stoßen eher gering oder sehr groß und vermutlich hatten die meisten der Gewölbe dereinst zur Lebensmittel- und Haushaltsgegenständelagerung gedient, wie Kohle, Brennholz, Nähgarn oder so. Wie weit sich das Labyrinth erstreckte, war ohne eine Karte unmöglich zu sagen. Wir nahmen uns regelmäßig vor, eines Tages nach einer solchen Karte in den städtischen Bibliotheken zu suchen oder bei der Stadtverwaltung nachzufragen, aber wir vergaßen jeden Tag aufs Neue, dieses Vorhaben umzusetzen.

Bemerkenswert fand ich die Tatsache, dass alle Keller mittlerweile voneinander getrennt waren und eigene Eingänge hatten, ein Unterfangen, das auf einem abgetrennten Grundstück wie dem unseren eigentlich keinen Sinn ergab, denn alle Keller des Hauses lagen Wand an Wand, hatten bloß verschiedene Eingänge; da hätte man auch einen Flur setzen können. Es sei denn … Es sei denn, die alten Wohnungsbesitzer hatten Gründe gehabt, ihr Eigentum fein säuberlich voneinander zu trennen. Vielleicht stießen wir ja doch auf eine Leiche, wenn wir nur tief genug gruben …

Bis dahin waren die Keller vor allem ein willkommener Anlass zu Abenteuerexpeditionen.

Diejenigen, zu denen man über den Hausflur kam, gehörten dem Restaurant und beinhalteten vermutlich auch heutzutage klostertaugliche Weinvorräte. Den Abschnitt aber, den man nur vom Hof aus erreichen konnte, den hatte der Vermieter uns zugesprochen.

Betrat man den Keller über die steile Stahltreppe, tastete man sich Schritt für Schritt in eine dunkle, unterirdische Welt vor, in der es keinen Strom gab und deren Herrscher Spinnen und ihre Weben und vor allem Ratten waren. Mit brennenden (Elektro-)Fackeln bahnten wir uns einen Weg durch Giftpfeile, über Falltüren und unter Schwingbeilen hindurch und stießen auf alte Fahrräder, Holzabfälle und alles andere, was man eigentlich nicht braucht und in einem feuchten Keller ablegt, wenn man zu faul ist, den Sperrmüll anzurufen.

Wir waren nicht enttäuscht. Auch wenn er kein Inkagold bot, perfekt zur Einlagerung unserer Baumaterialreste war der Keller allemal. Alles, was sonst so herumlag, nicht gebraucht wurde und bei uns im Multifunktionsflur vor sich hinlagerte, wurde ebenfalls Stück für Stück nachts, im Schutze der Dunkelheit, von uns hinunter gebracht. Wenn wir Glück hatten, verrotteten die Sachen, bevor jemand sie mit uns in Verbindung bringen konnte.

Unnötige Vorsichtsmaßnahmen, wie sich herausstellte, als ich eines nicht fernen Tages mein Fahrrad in den Hof schob und dabei an meinem Videorekorder vorbeilief.

In dem Moment entstieg dem Keller ein schwer pumpender und rot schwitzender 'arry, einen Sack mit gesammelten Schuhen von Hitler und mir in den Armen.

»Salut 'arry, wo willst du denn mit meinen Schuhen hin?«

»Salut, mon ami. Was ist mit deine Schule?«

»Schuhe! Das sind meine Schuhe da in dem Sack, den du trägst.«

»Uäh? Mais, comment? Fermietähr hat gesagt, das sei nur Mühl von die Formietähr in meine Keller.«

»Unser Keller. Das ist unser Keller, hat Vermieter gesagt.«

»Non! Alle die Keller sind von die Restaurant!«

»Nein, alle drinnen gehören dir, alle hier draußen sind uns.«

»Sacré Cœur!!!«

Eine nicht lange Diskussion entbrannte, deren Ausgang eigentlich vorhersehbar gewesen war. 'arry wollte den Keller ausräumen, weil er ein neues Lüftungssystem für seinen Anbau brauchte und das Rohr sollte durch diesen Keller nach draußen führen. Das war alles, wofür er ihn brauchte, das hieß, wir konnten unsere Sachen sowieso drin lassen, wir mussten sie lediglich identifizieren und im Gegenzug brachte 'arry den ganzen Schrott zum Sperrmüll und vernichtete das verräterische Baumaterial. Es klang wie die perfekte Lösung.

Außer einem Teil meines Schreibtisches und ein paar anderen kleinen Möbeln, die sich der sparsame Franzose für seine Wohnung unter den Nagel gerissen hatte, war noch nichts verschwunden und so wähnten wir unsere blauen Müllsäcke mit unseren zum Vergessen verdammten Habseligkeiten bei den alten Rattengötteraltaren in Sicherheit und zugänglicher Reichweite.

Dachten wir. Eine Woche später, als ich nichts zu tun hatte und der trockenen Sommerhitze ein wenig entfliehen und dabei ein paar alte Stiefel streicheln wollte, prangte ein dickes Vorhängeschloss an der Stahlklappe.

»Einbräschär«, lautete 'arrys Erklärung. »Sie kommen durch die Restaurant und varsteke sisch in die Keller und die nächste Morgen, die Kasse ist fûte! Wenn ihr etwas braucht, ihr fragt moi. D'accord?«

Eigentlich nicht, aber was sollten wir sagen? Der Franzose hatte genauso gute Argumente wie die Regierung, wenn es um die Installierung von Überwachungskameras auf öffentlichen Plätzen ging. Leider gab es für unser Haus keine Charta mit Grundrechten der einzelnen Einwohner und so mussten wir leise zähneknirschend zustimmen, auch wenn uns klar war, was hinter dem Vorhängeschloss wirklich steckte: Petit Napoléon hatte seinerseits den Feldzug begonnen.

Wenn man an Hitler denkt, denkt man nach dem Schnurrbart unweigerlich an Eva Braun, die Frau an der Seite des Monsters. So gesehen war es nur eine Frage der Zeit, bis auch Hitler daran dachte und sich ein Weibchen suchte. In der Tat war ich es, der das Weibchen für ihn fand, Hitler sah ja nicht wirklich was. Im übertragenen Sinn. Wir waren auf einer Party und Hitler hatte sich in eine Ecke des Balkons gesetzt, die Haare flächig als Camouflage über den restlichen Körper verteilt und gab sich so als seltene Topfpflanze aus, die Leute erschreckte, wenn sie ihr zu nah kamen. Im Laufe des Abends muss sich Eva irgendwie in seinen Tentakeln verfangen haben – und sie hat sich nie wieder daraus befreien können. Dass die beiden füreinander bestimmt waren, begriff ich spätestens in dem Moment, als ich mit einem frischen Bier auf den Balkon kam und sah, wie Hitler Eva liebevoll abwechselnd in das eine und das andere Ohr rülpste und sie darauf sagte: »Das kitzelt, hihi. Mach noch mal links.« Mein fataler Beitrag an dem Ganzen bestand darin, dass Hitler irgendwann gehen wollte und ich ihn überredete, zu bleiben, bis die Sache mit ihm und Eva klar war.

An diesem Tag zog Eva bei uns ein.

Am Anfang war sie jeden Nachmittag und manchmal abends bei uns, was voll ok war, schließlich war Spätsommer und Hitlers frisch ineinander verliebt. Eva war ordentlich eingeschriebene Studentin an der städtischen Uni und hatte ein Zimmer im Wohnheim. Trotzdem fing sie bald an, auch über Nacht bei uns zu bleiben. Weiterhin voll in Ordnung.

Irgendwann ging sie dann nicht mehr nach Hause. Nicht mal, als Hitler auf der Arbeit war. Ihre Wäsche tauchte auf der Leine auf, ihr Geschirr füllte die Spüle und eines Tages schloss sie die Tür mit ihrem eigenen Schlüssel auf.

Das machte den Marèchal und mich stutzig, schließlich hatte sie doch auch Vorlesungen und wir sprachen Hitler darauf an, der uns ins Bilde setzte.

»Ja, wisst ihr Jungs, die hat gerade viele Arbeiten zu schreiben und ihr PC ist kaputt und deswegen lass ich sie bei mir am Schreibtisch arbeiten, versteht ihr doch, oder?«

Klar verstanden wir das und wir waren ja mittlerweile Freunde. Kein Problem. Die Arbeiten gingen, aber Eva blieb. Dass uns das nicht mehr auffiel oder sogar störte ist wohl darauf zurückzuführen, dass der Marèchal und ich sie eher wenig sahen, denn der einzige Gemeinschaftsraum war die Küche und da sah man sie nicht oft, denn sie war stinkfaul. Hitler kaufte ein, kochte und spülte, während sie sich fett auf dem Küchenstuhl räkelte und dabei noch fetter wurde.

Manchmal kochte sie, dann gab es Salat. Mehr konnte sie nicht, aber das störte Hitler, dessen eigene Kochkünste sich auf das Erhitzen von Fertig-Gyros von Aldi und ähnlich unterkomplexe Manöver beschränkten, nicht sonderlich.

Uns wäre es ebenfalls vollkommen am Arsch vorbeigegangen, hätten wir nicht zeitgleich mit einem anderen, viel größeren Problem und dessen täglichen Drangsalierungen zu kämpfen gehabt: Kackspuren-Man.

Als die Schneekönigin auszog, war uns bewusst, dass wir niemals einen adäquaten Ersatz für sie finden würden. Daher veranstalteten wir dieses Mal eher halbherzige Castings und manchmal waren nicht mal alle von uns zur Besprechung da. Nur so kann ich mir erklären, wie der Typ ins Haus kommen konnte. Der Nachfolger der Schneekönigin ist ein Einwohner aus Karl-Marx-Stadt. Sein Name tut nichts zur Sache, denn wir können ihn sowieso nicht leiden. Wir wissen auch nicht mehr, warum wir ihn überhaupt genommen haben, jedenfalls muss er über verborgene Talente verfügen, denn keinem von uns ist beim Vorstellungsgespräch aufgefallen, wie groß er eigentlich ist.

Außer der Tatsache, dass er nicht in das Bett in seinem Zimmer passt, ist es in der Wohnung bedrückend eng geworden, seit er hier lebt. Unsere Gänge und die Küche sind eher schmal und wenn er sich dort aufhält, hat maximal noch einer von uns Platz. Außerdem verdunkelt er die Sonne, wenn er vorm Fenster steht. Das alles wäre noch zu ertragen, auch seine unwitzige, vorlaute Art und sein dämliches Gesicht, das uns offensichtlich auch nicht beim Vorstellungsgespräch aufgefallen ist, aber in einem überschreitet er die Grenzen: Kackspuren. Wenn er geschissen hat, ist das Klo voller fingerdicker Streifen, die er von oben vermutlich nicht sieht. Da mag seine Größe tatsächlich ein Hindernis sein, aber das ist keine Ausrede für die gelegentlich an den – seltsamerweise oberen – Spurenenden noch klebenden daumendicken Stücke. Wir sind gewillt es ihm schonend zu sagen, so dass er sein Gesicht nicht verliert und berufen die erste WG-Sitzung unserer Geschichte ein.

Als der Punkt »Spuren in der Toilette« an die Reihe kam, war sein Vorschlag, man könne ja einen Rückspiegel einbauen und dann lachte er als Einziger darüber. Da wussten wir, dass wir ihn umgehend loswerden mussten, spurlos beseitigen.

Es war ausgerechnet Hitler, der uns einen Strich durch die Rechnung machte, als er dem Marèchal und mir eröffnete, er fände Bremsstreifen gar nicht mehr so schlimm und seinetwegen könne Kackspuren-Man weiter alles vollscheißen. Die darauffolgenden Untersuchungen des Marèchals und mir förderten Ergebnisse zutage, die unsere schlimmsten Befürchtungen übertrafen. Es kamen nämlich gar nicht alle Rückstände von Karl-Marx-Stadt-Bewohner. Auch Hitler und das Ostreich waren nicht beteiligt. Wer sich dort in der Schüssel verewigte, war – Eva. Wir waren in ein Komplott geraten und das bedeutete, es gab nur noch einen Weg: Krieg.

Dies ist seine Geschichte.

Hitlers Eva war neuerdings nicht die einzige Frau im Haus. Plötzlich hörte man auch Beischlafgeräusche aus der Wohnung unter uns und nicht mehr nur aus meinem Nebenzimmer. Als dann auch noch ein Blumenmeer anfing, die Fassade und das Interieur des Restaurants zu verzieren und 'arry sein Grinsen gar nicht mehr aus dem Gesicht bekam, dämmerte uns, dass nur wir den kleinen, dicken und meist verschwitzten Franzosen zwar im Ganzen nett, aber körperlich eher diskussionswürdig fanden. Umso überraschter waren wir, als er uns seine Herzensdame schließlich unter großem Trara vorstellte. Unter großem Trara verstand er dabei die sichere Distanz von zwei Stockwerken, wobei er auf der Straße stand und wir an unseren Fenstern klebten und versuchten, seine Erklärungen zu verstehen, während derer er seine Arme fest um Sveta geschlossen hielt, anscheinend um uns klarzumachen, dass sie ihm gehörte und wir ihr nicht zu nahe kommen sollten.

Sveta war, wie der Name schon vermuten ließ, Russin, und 'arry hatte sie todesmutig ihrem Mann abgeluchst. Das Ganze muss über Monate hinweg passiert sein, denn, so erzählte er, anfangs hatte ihr Mann die gemeinsamen Töchter als Bewacher auf seine Frau angesetzt und es hatte 'arry viel Sorgfalt gekostet, sie überhaupt zu treffen und schließlich auch hierher, in sein Restaurant zu bringen. Sveta blieb während dieser Erläuterungen blass und still, ein Gebaren, das sich auch durch die ersten Wochen ihrer Anwesenheit zog und dazu beitrug, uns von ihr in keiner Weise angezogen zu fühlen, was 'arrys eifersüchtiges Gepienze völlig überflüssig machte.

Außerdem verursachte beides zusammen, ihre Geschichte und der dazu passende Gesichtsausdruck, bei mir ein leichtes Ziehen im Magen. Ich hatte meine Erfahrungen in der Russenkneipe und den spitzen Billardqueue mit meinem Namen drauf verdrängt, aber nicht vergessen, und ertappte mich immer öfter dabei, wie ich beim Verlassen des Hauses nach schwarzen Limousinen Ausschau hielt und mich bei jedem Heimkommen auf den Anblick einstellte, Sveta und 'arry erschossen in ihrem eigenen Blut im Eingangsflur liegen zu sehen. Eine Zeit lang war mir, als würde hinter jeder Ecke der Schatten der Vergangenheit warten, um sich an meine Fersen zu heften.

Interessanterweise war es Sveta, die Hitler ein wenig mit der Situation im Haus und der Terrasse im Besonderen versöhnte, denn beide, Hitler und Stalina, waren Blumenfreaks und manchmal sah ich sie zusammen vom Küchenfenster aus im Hinterhof die kargen kleinen Beete, die man als Deko auf die Vorbauten der Wände geklatscht hatte, umgraben, bepflanzen und bewässern. Die ihm im Urlaub anvertraute Wartung der dort aufgestellten Topfpflanzen brachte Hitler letztendlich auch dazu, die Terrasse ein kleines Stück weit als sein eigenes Werk anzusehen.

Was ich aber eigentlich mit dem Satzteil, dass wir sehr überrascht waren meinte, war, dass Sveta gar nicht schlecht aussah. Ganz und gar nicht.

Damit endet Teil eins, die Parteien sind verteilt: Deutschland (Hitler) und Polen (Ich, der Pole) leben durch eine dünne Rigipswand getrennt Tür an Tür im großen Zimmer, Österreich (der Marèchal) im Ostflügel. Hitler befindet sich im Konflikt mit Frankreich ('arry) und hat ein Bündnis mit Russland (Sveta), während im oberen Teil des Hauses Amerika (der Börsenanwalt) und vielleicht England (der Geist) die Situation beobachten und auf ihren Einsatz warten.

The Stage is set, let the War begin.

1939

Dean Martin ist tot. Der wohl am ernsthaftesten seinen Körper in Alkohol präserviert versucht zu habende Mensch musste am Ende seinem Scheitern ins Auge blicken und gehen, was für ihn sicherlich eine Art von Trost war, denn jemand, von dem Sätze wie *Wer sich am Boden liegend noch am Barhocker festhalten kann, ist nicht wirklich betrunken* überliefert sind, hat vermutlich nicht so oft die Freude sicheren Gehens gekostet. Trotzdem ist der Gedanke verlockend – ewiges Leben durch unendliche Betrunkenheit. Eine Kostenfrage, sicher, aber sollte es gelingen, könnte man ein Buch darüber schreiben und reich werden.

Unsterblichkeit – wie ich die letzten hundert Jahre in der Gosse lebte und Flaschen aus Mülltonnen austrank und wie Ratten wirklich schmecken zum Beispiel. Krasser Titel, sicherer Verkaufsschlager, Roman und Ratgeber für Nachahmer in einem. Alle fünfzig Jahre mit einem neuen Vorwort des Autors.

Wovor aber vermutlich niemand im Rausch gefeit ist, sind Dummheiten.

Eva ist einer von diesen Menschen, bei denen man zweimal hinsehen muss, um sich danach an ihr Gesicht erinnern zu können und dreimal nachdenken, ehe man etwas findet, das man an ihr toll finden könnte, wenn überhaupt. Als sie mir an jenem Morgen so beim Essen gegenüber sitzt, kann ich mir nur schwerlich vorstellen, ihr am Abend zuvor tatsächlich an die Titten gegriffen zu haben. Erinnern kann ich mich noch viel weniger. Ich weiß noch nicht mal, ob ich das mangelnde Erinnerungsvermögen bedauern sollte oder nicht.

Wir waren als Rotte zusammen aus. Hitlers, der Marèchal, Kackspuren-Man und ich. In einem verzweifelten Versuch ihn loszuwerden, hatte ich versucht, Kackspuren-Man zu Tode zu trinken. Da er über etwa die doppelte Körpermasse von mir verfügt, ein schon im Ansatz hoffnungsloses Unterfangen, aber Polen sind soweit ich weiß noch nie für herausragende Kriegskunst bekannt gewesen. Ich erinnere mich an das Glas, das meinem Organismus den Todesstoß versetzt hat und daran, dass der Marèchal mich nach der Rückkehr ins Hauptquartier um die vier Ecken des Wohnblocks geschleppt hat, damit sich meine Kotze breitflächiger und vor allem außerhalb der WG-Wohnräume verteilt. Von Eva habe ich nur ein verschwommenes Bild zwischendurch: Wir müssen uns unterhalten haben, das kann nur im Zustand des Vorkomas passiert sein. Mehr weiß ich nicht mehr.

Als der Marèchal mir beim Katerfrühstück den Ablauf des vorigen Abends samt Highlights erzählt, spüre ich spontan Lust auf eine weitere Runde um den Block. Ehe ich jedoch meinem Fluchtinstinkt nachgeben kann, stehen auch schon Hitlers in der Tür und verströmen eine tribunaleske Endzeitstimmung.

Ich erhebe mich, wanke unter Zuhilfenahme der Arbeitsfläche und des Lebensmittelregals auf Eva zu und sage etwas wie: »Eva, es tut mir so leid, ich kann es mir echt gar nicht erklären«, und meine beides vollkommen ernst, wenn man in Betracht zieht, dass es mir um mich selbst leid tut. Eva genießt meinen alkoholinduziert fehlenden Stolz sichtlich, lässt sich hochmütig zu einem: »Macht nichts ...«, herab und sieht dabei ein wenig aus, wie eine Katze, die gerade Sahne geschleckt hat.

Der Keim des ungeheuerlichen Gedankens, dass sie das Ganze, also inklusive Vorprogramm, genossen haben könnte, führt dazu, dass ich mich schon wieder auf einen Spaziergang in die nahe gelegenen Gassen begeben könnte.

Hitler steht dahinter und sagt nichts, sein Gesicht eine undurchdringliche Maske hinter einem Vorhang aus undurchdringlichen Haaren.

Seine Kriegserklärung folgt allerdings auf dem Fuße, per E-Mail.

Über die Distanz von knapp zwei Metern Luftlinie schickt sein Computer meinem Computer zehn Minuten später einen Text mit folgendem Inhalt: »An Polen, von HITLER. Betrachten Sie sich als unter konstante Beobachtung gestellt und seien Sie sich der Tatsache gewiss, dass jedes Fehlverhalten Sanktionen nach sich ziehen wird. Jegliche Erwähnung dieser Nachricht in der Küche oder in sonstiger Gemeinschaft wird ebenfalls mit Sanktionen verbunden sein. WG-Heil. H.«

WG-Heil? Ich frage mich, ob das Original damals auch so förmlich geklungen und ob es überhaupt eines gegeben hat. Braucht man für einen Blitzkrieg eine Kriegserklärung oder geht das gegen den Sinn der Sache? Auf alle Fälle bin ich froh, dass nicht direkt ein Blitzkrieg gegen mich ausgerufen wird, im Gegenteil, betrachtet man es genau, hat Polen sich in feindliches Territorium begeben und dort gewildert. Ein Gedanke, der mir ein Grinsen ins Gesicht treibt, das direkt neue Kopfschmerzen verursacht.

Ein kurzer Besuch bei Wikipedia ergibt, dass Polen damals keine Kriegserklärung, sondern umgehend den Angriff selbst erhalten hat, man war sozusagen mit dem Panzer ins Haus gefallen. Ich lehne mich in meinem Stuhl zurück und schließe die Augen, um mir bildlich auszumalen, wie Hitler mit einem panzerähnlichen Gerät – zum Beispiel unserem Staubsauger – die dünne Trennwand zwischen unseren Zimmerhälften durchbricht und sich dabei für die Wochenschau vom Marèchal filmen lässt, während man im Hintergrund Eva schwer atmend irgendwo sitzend mit den Folgen ihrer aufkeimenden Fettleibigkeit kämpfen sieht.

Unser Staubsauger ist eine alte Vorwerk-Kopie aus einem kleinen Industriewerk an der chinesisch-russischen Grenze, weswegen sich die Hersteller nicht zwischen russischer Eleganz und chinesisch-genauer Kopie entscheiden konnten und ein abrissgerätähnliches Monstrum geschaffen haben, dessen fehlende Saugleistung in Perfektion und Ausdruck nur von seiner Lautstärke übertroffen wird. Dabei wiegt das ganze Teil knappe dreißig Kilogramm und hat die Größe eines Kindersofas, aber Hitler weigert sich partout, sich davon zu trennen, beziehungsweise, einen hiesigen Sauger aus einem der letzten fünf Jahrzehnte ins Haus zu lassen. Hitler liebt Pseudoantiquitäten. Außer seinem anlässlich der WG-Gründung neu erstandenen Edelstahlbesteckset aus SOLINGEN (S..g H..l!), besitzt er ausschließlich nicht zusammenpassende Geschirrteile, wobei seine tönernen, den Essunterlagen im alten Rom nachempfundenen, ovalen Teller noch die schönsten Exemplare darstellen. Angeschlagene Milchkannen, Kupferteller und Bembel als Wandschmuck, ein Sofabezug mit Frühlingsblumenaufdruck aus den frühen Siebzigern und ein Rührgerät aus dem gleichen Werk wie der Staubsauger – und mit ähnlichen Ausmaßen – mit all dem und allerlei anderem Unrat, untermauert Hitler sein Selbstbild eines alternativen und liberalen Diktators, während er in Tat und Denken meiner bescheidenen Meinung nach nichts lieber wäre, als sein namensgebendes Vorbild.

Eine seiner Lieblingsbeschäftigungen ist, sich während seiner Monologe selbst zu widersprechen.

Vermutlich mangelt es ihm an ebenbürtigen Diskussionspartnern, deswegen nimmt er mit sich selbst vorlieb.

Sätze wie: »Alle Menschen, die Immobilien vermieten und damit reich werden, gehören an die Wand gestellt. Wer für sein Geld nicht wirklich arbeitet, hat es auch nicht verdient«, direkt gefolgt von Vorschlägen wie: »Hey Jungs, wir könnten unsere Zimmer an Messegäste vermieten, die kriegen die Übernachtung sowieso von ihren Firmen bezahlt, dann könnten wir auch hundert Euro pro Tag nehmen, Wäschedienst und Frühstück inklusive oder so. Was meint ihr?«, sind keine Seltenheit und wären jeder für sich vielleicht Zeichen für außergewöhnliche Intelligenz, wenn sie nicht in unmittelbarer zeitlicher Abfolge totalen Schwachsinn oder einen schizophrenen, bestenfalls unaufmerksamen Charakter vermuten lassen würden. Nun ja, alles in allem keine völligen Überraschungen mehr, wenn man Hitler mal länger als eine Woche kennt und schon gar nicht, wenn man sich aus freien Stücken dazu entschlossen hat, mit ihm zusammenzuziehen.

Wir fassen noch mal zusammen: Der Mann, wenn es ein Mann ist, hat kein Gesicht, eine Freundin ohne Hals, eine Lebensweise ohne Gewissen und sich entschieden, als Spitznamen den Namen von einem der größten Massenmörder und Wahnsinnigen der Geschichte anzunehmen, aus dem einzigen Grund, weil er gerne *herumhitlert*, womit er exzessives Aufräumen meint, beziehungsweise, die Unfähigkeit, mit herumstehenden Gegenständen, die gerade nicht in Gebrauch sind, klarzukommen. Wenn es nach Hitler ginge, wäre unsere Küche steril und jegliches Küchengerät und auch sonst alles, was nicht fest ist oder Tischgröße hat, in Schränken verstaut, die wir einfach nicht haben. Also, wir haben natürlich Schränke, aber nicht genug für das Sammelsurium von Küchenutensilien von vier erwachsenen Leuten, plus Verbrauchsmaterial.

Das alles wäre noch halbwegs zu verstehen, wenn Hitler beim Einräumen der Schränke nur halb so systematisch vorgehen würde, wie bei seiner Hitlerei. Aber wenn er mal die Spülmaschine ausgeräumt hat (passiert glücklicherweise selten), meide ich den Geschirrschrank nach Möglichkeit, um nicht hitlereske Verzweiflungsanfälle zu bekommen. Im Grunde ist es ein ähnlicher Mechanismus wie beim Schöntrinken: Ich benutze mein altes Geschirr so lange, bis der Schrank halbwegs ausgeräumt und das nicht vorhandene System nach dem Einräumen nicht mehr erkennbar ist, um nicht völlig an Hitler und der Tatsache, dass ich freiwillig mit ihm in einem Zimmer lebe, zu verzweifeln.

Dabei finde ich ihn eigentlich total cool. Im Ernst, Hitler hat neben den erwähnten Eigenheiten – aber wer hat die nicht? – Vieles mit seinem namensgebenden Vorbild gemein, was man zwar nicht laut, aber doch guten Gewissens bewundern kann. Hitler ist ein Macher, wenn er sich etwas in den Kopf setzt, setzt er es von dort aus auch in die Wirklichkeit um. Außerdem marschiert er gerne, um nicht zu sagen: prescht voran, und durch seine Initiative haben wir diese Wohnung überhaupt erst bekommen und darüber hinaus einen äußerst günstigen Internetanschluss und mehrere Möbelstücke auf dem neuesten Stand der physikalischen Gesetze, ohne die wir auf den wenigen Quadratmetern, die die Wohnung eigentlich hat, rettungslos in unserem eigenen Zeug ersticken würden. Nein, ohne Hitler gäbe es das alles nicht und weil ich mich hier so wohlfühle, trifft es mich umso härter, was gerade passiert (ist) und am schlimmsten von allem ist, dass es anscheinend auch noch komplett meine Schuld ist, wenn jetzt ein WG-Krieg ausbricht. Zum Glück ist heute Sonntag, das heißt, morgen ist Montag, zumindest war das bis jetzt immer so. Montag heißt, ich muss zur Arbeit, ein an sich meistens kein übermäßige Freude verursachender Gedanke, aber Arbeit ist immer gut, um aus dem Haus zu kommen und ein wenig Abstand zwischen verfeindeten Parteien zu schaffen. Ich arbeite wie gesagt stilecht als Masseur. Eigentlich bin ich ja Physiotherapeut, aber letztendlich doch nur eine Art Masseur. Aus Berufsfrust oder Desillusionierung oder wie man das nennen mag. Die Leute machen in einer Therapie einfach nicht, was man ihnen sagt; eine Form von Frust, die ich mit Hitler teile. Schließlich wollen wir beide doch nur das Beste für alle anderen. Massieren hat den großen Vorteil, dass es der Teil ist, den ich aktiv beeinflussen kann, ohne dass der, der da liegt, was dagegen machen kann. Verspannungen sind also für mich gewissermaßen das, was Juden für den Namensvetter meines Mitbewohners waren.

Darüber hinaus ist das Arbeitsumfeld in dieser Berufsbranche für gewöhnlich sehr angenehm.

»Guten Morgen, Paul!«

»Guten Morgen, Marion!«

»Weißt du schon, wer tot ist?«

»Nein. Wer?«

»Peter Alexander.«

»Nein! Ist der schon zum zweiten Mal gestorben?«

Marion mag keine Witze. Um ihren vernichtenden Blick etwas zu entschärfen, frage ich: »Ich dachte der wäre längst tot.«

»Nein.«

»Ah.« Gut, lassen wir das.

»Äh, wie sieht der Plan aus?«

Ihr Gesicht verzieht sich erneut.

»Du hast heute Godzilla.«

Godzilla. Herrje. Bei Godzilla handelt es sich um eine junge Frau, das steht zumindest auf ihrer Überweisung, aber ich bin mir da noch nicht so sicher. Godzilla ist so fett, dass sie auch ein Hochhaus oder ein gestrandeter Wal mit einer bemerkenswerten Atemtechnik sein könnte. Es wäre der erste Wal, der beim Atmen rot anläuft, denn Sybille, das steht wahrscheinlich auf der Tafel neben ihrem Aquarium, hat permanent einen hochroten Kopf, der von einer kleinen Armee Männchen in ihm drin unaufhörlich aufgepumpt und entlüftet wird und ich bin oft versucht, mit einer Nadel oder einer Harpune nachzuhelfen.

Allerdings ist mir klar, dass es nichts nützen würde.

Sybille ist fett, feist und fest.

Ich wünschte, sie bestünde nur aus Fett. Dann wäre sie weich und schwabbelig, aber sie ist fest wie ein Boxsack und einfach zu groß für diese Welt und jede genormte Massageliege.

Das Schlimmste an Sybille ist gar nicht mal, dass man sie problemlos als Zwergplanet ins All schießen könnte – das Schlimmste ist: Sie weiß es. In ihrem Blick sind so viel Selbsthass und Selbstbestrafung, dass man schon vom Hinsehen ein schlechtes Gewissen bekommt. Und Wut. Und man fragt sich, ob ihre Eltern wirklich beide zur menschlichen Rasse gehören.

Ich seufze. »Wann kommt sie?«

»Sie ist schon da. Sitzt drinnen.«

»Morgen Sybille! Alles klar?«

Sie brummt als Antwort. Ich glaube, ich habe noch nie ihre Stimme gehört. Eine Zeit lang habe ich unsere Entspannungsgedudelmistmusiksammlung, über die jede Wellness- oder Massagepraxis verfügt, nach CDs mit Walgesängen durchstöbert und, wenn Godzilla da war, nur diese aufgelegt, um zu sehen, ob sie vielleicht antwortet. Aber sie ist still geblieben. Womöglich sprachen die CD-Wale einen anderen Dialekt.

»Na, dann legen wir mal los!«

Generell bin ich ja dafür, dass man zum Massiertwerden in irgendeiner Form eine Lizenz erwerben muss.

Man könnte zum Beispiel am Eingang der entsprechenden Einrichtungen Körperschablonen anbringen. Wer nicht durch passt, kriegt eben auch keine Behandlung.

Allen, die draußen bleiben müssen, gibt man einen kleinen Infozettel mit, auf dem steht: »Sie sind fett. Bitte besorgen Sie sich eine stabile Kette, binden Sie das eine Ende um Ihre Hüfte und das andere an die Stoßstange eines Autos oder Gabelstaplers und bitten Sie einen Freund oder Bekannten, Sie ein paar Kilometer über Schotter zu ziehen. Versuchen Sie es danach wieder mit der Schablone und schlagen Sie ggf. das Wort ›Salat‹ nach.«

Als die Behandlung vorbei ist und ich mich nach dem Händewaschen wieder umdrehe, sitzt sie immer noch auf der Liege. Das ist ungewöhnlich. Normalerweise versucht sie aus der Tür zu schleichen, um einem erneuten Blick auf sich und dem zugegebenermaßen wirklich falsch-fröhlichen »Auf Wiedersehen!« zu entgehen. Schleichen ist übrigens ein sehr charmanter Ausdruck für ihre Gangart. Wenn Sybille sich vorwärtsbewegt, erinnert mich das immer an *Jurassic Park* und ich behalte aufmerksam das Wasserglas neben dem Waschbecken im Auge.

Ich schaue sie fragend an. Sie schaut unverwandt zurück. In der Tat fixiert sie mich auf eine unangenehme Weise. Sie wird doch hoffentlich nicht plötzlich Hunger haben?

»Ja?«, stottere ich ein wenig unsicher heraus. »Kann ich dir noch irgendwie helfen?« (Brauchst du vielleicht eine stabile Kette?)

Sie reagiert nicht sofort. Dann speit sie mir: »Mein Vater!«, entgegen und bevor ich reagieren kann, platzt es aus ihr heraus: »Mein Vater hat mich als Kind vergewaltigt. Jede Woche. Dann hat er seine Kumpels dazu eingeladen. Ich hab damals beschlossen, ich werde so dick und hässlich, dass mich keiner mehr anfassen will. DESWEGEN BIN ICH SO FETT!«

Oh. Das ist jetzt überraschend. »Äh …«, setze ich an, aber sie keift: »HALT'S MAUL!«, legt einen für sie beachtlichen Hopser von der dreißig Zentimeter hohen Bank auf den Boden hin, packt ihre Sachen und stürmt aus der Tür.

Wow. Hab ich was gesagt? Ich gehe vorsichtig zur Tür und luge in den Gang hinaus. Sie ist weg. Der Gang ist noch da. Ich schleiche mich, immer noch vorsichtig, vor zu Marions Tisch. Marion ist in Papierkram versunken, aber sie lebt. Als sie mich hört (und sie hört mich immer; Marion ist der einzige Mensch, an den ich mich nicht ranschleichen kann), sieht sie auf und fragt: »Was war denn mit der los? Ist irgendwas passiert?«

Ich weiß darauf keine wirkliche Antwort. Im Grunde nicht. Zumindest wohl nicht in letzter Zeit. Gleichzeitig ist mir weder danach, einen Witz zu machen, noch Marion alles zu erzählen. Persönliche Nähe ist so eine Sache in einem Job, bei dem man ständig körperliche Nähe hat. »Nee, nee, alles ok«, sage ich und glaube mir so wenig wie sie mir, aber sie fragt nicht weiter nach, sondern schickt mich umgehend zum nächsten Termin wieder zurück in die Kabine.

So, jetzt kennt ihr in etwa meinen Arbeitsalltag. Ich frage mich oft und schuldbewusst, was wohl ein Hitler an meiner Stelle in solchen Situationen tun würde.

Das Heimkommen am Abend ist immer ein wenig wie Lotterie – wer ist da, wer ist nicht da, wer ist verreist und ist Eva endlich geplatzt? Als ich die Tür aufschließe, schlägt mir Hitlers vertrauter, leicht modriger Geruch entgegen. Ein Steinchen in einem großen Kaleidoskop.

Die erste Drehung ist der Übergang von der lauten, bunten Welt auf der Straße direkt vor unserem Haus in unsere sakralen Hallen der Stille. Und nach dem Treppenhaus dreht oder schüttelt man das Kaleidoskop noch mal und es kommt wieder eine bunte, chaotische Welt. Der Multifunktionsflur wirkt auf mich jedes Mal wie der Time Tunnel. Bei Betreten scheint er sich unendlich in die Länge zu schrauben, die Wände drehen sich gegeneinander, Lichtblitze zucken und sobald man einen Schritt gegangen ist, steht man in der Küche. Irre. Jedes Mal wieder. In der Küche hängt der Marèchal träge auf einem Stuhl und lässt die Füße aus dem Fenster baumeln. Als ich eintrete, schiebt er seine Augenlider gerade so weit auseinander, dass ich sehen kann, dass er noch lebt, aber wenn er in der nächsten Sekunde mit einer vierzig Zentimeter langen Zunge eine Fliege aus der Luft fangen würde, würde mich das nicht wundern. Dabei ist es gar nicht so warm heute. Dass der Österreicher trotzdem die nackten Füße raushängt, kann nur einen Grund haben.

»Hey Mann, warst du joggen?«

Ein andächtiges Schaukeln kommt als Antwort, zum Nicken fehlt ihm die Kraft. Neben seinem Stuhl stehen seine Laufschuhe und schnaufen leise vor sich hin. Der Marèchal hat sie sich gekauft, weil sie so fit aussahen, dass er dachte, sie würden auch ohne ihn laufen, wenn er mal keine Lust dazu hat. Trau ich den Schuhen zu. Sie sehen wirklich ziemlich fit aus. Crazy bunt und irgendwie zu allem bereit. Ich bin froh, dass er sie nachts in seinem Zimmer einschließt, sonst kämen sie bestimmt eines Morgens auf die Idee auszubüchsen oder fremde Türen einzutreten. Ich will ihn gerade nach Details fragen, da knackt es in meinem Rücken. Jemand kommt in die Wohnung und Sekunden später spuckt der Time Tunnel Kackspuren-Man aus. »Hallooo«, flötet er fröhlich und unausstehlich. »Ich war schwimmen«, setzt er stolz nach und möchte anscheinend den Kopf getätschelt bekommen.

»Wow«, antworte ich lustlos. Deswegen waren die Straßen heute also überflutet. Während der Master of Kackspuren nähere Details preisgibt und ich ihm nicht zuhöre, geht er durch die Wohnung, stellt den Wäscheständer auf und hängt seine pitschnassen Klamotten und Handtücher zum Trocknen auf dieselben Stangen, auf denen einmal unsere saubere Wäsche hängen soll. Ein leises *trip, trip* untermalt seine Geschichte, die niemanden interessiert. Wenn ich wetten müsste, würde ich sagen, der wird später mal Politiker.

»Hey Mok (Master of Kackspuren), deine Wäsche tropft.«

Das bebrillte Mongoloidengesicht richtet seinen doppelt verglasten Fokus auf die geschäftigen Rinnsale. Andere Menschen würden die Augen bewegen, Mok bewegt den ganzen Kopf.

»Joh, die ist nass«, verkündet er stolz und wedelt mit dem Po.

»Mok, wir haben Parkett.«

Zur Verarbeitung dieser Information fehlt ihm eine angemessen soziale Vergangenheit. Sein roboterartiger Kopf schwenkt mehrmals zwischen uns und der Wäsche hin und her und findet die Verbindung zwischen beidem nicht.

»Parkett«, wiederhole ich. »Das sind nur Holzlatten, die nebeneinander liegen. Wenn da Flüssigkeit dazwischen kommt, dann quillt das Holz und der Boden ist kaputt.«

»Weiß ich doch, bin doch nicht blöd«, sagt Mok, nimmt eines seiner beiden patschnassen Handtücher ab und legt es unter den Ständer.

»Seht ihr – kein Tropfen mehr«, verkündet er stolz. Ich beschließe, es dabei zu belassen. Es war ohnehin eher ein Versuch, das Ding da zu sensibilisieren. Nach dem Einzug hat Hitler angeordnet, den Boden komplett mit einem Speziallack zu versiegeln. Wenn man nicht gerade mit einer Axt eine Bresche schlägt, kommt da sowieso nichts durch, aber ich bin mir sicher, Mok weiß das nicht. Andererseits könnte er auch ein teuflisches Genie sein und den Dummen nur spielen, genauso wie er den Klugen, Umgänglichen beim Casting gespielt hat. Ehe ich den Gedanken vertiefen kann, bewegt sich der Marèchal und das Ereignis bannt uns alle. Er hebt langsam einen Arm, vollführt mit ihm eine unmöglich anmutende Bewegung in einem 180° Kreis nach hinten, greift sein alkoholfreies Bier, führt die Flasche und den Arm die unmögliche Strecke wieder nach vorn und nimmt einen Schluck kalten Gerstensaft.

»Aahhhh«, stöhnt er, nachdem er sie abgesetzt hat und mit diesem *Aahhhh* ist alles gesagt. Es ist Feierabend, Zeit zur Erholung, nicht zum Streiten. Wir können machen was wir wollen. Wir sind jung, frei, uns klebt nur ein bisschen Mok am Schuh. Ich verlasse die Küche und bringe meine Sachen ins Zimmer. Der Marèchal hat eine halbe Stunde, dann sollte er fertig sein. Duschen kann er auch später. Vorher gibt es Dringenderes zu erledigen: Wir gehen auf Geisterjagd.

Bezeichnenderweise versuchen wir nicht, gleich das Dach zu erstürmen – wir gehen an die Basis. Da der Versuch, in die oberste Wohnung des Hauses zu gelangen, in etwa einem Einbruch gleichkäme und wir nicht mal wissen, ob da oben vielleicht doch noch etwas aus Fleisch und Blut (oder Klauen und Zähnen) wohnt, versuchen wir es erst mal mit den Kellern. Wir beginnen mit *unserem* Keller. ’arry ist in seinem Restaurant zu beschäftigt, um lange zu fragen, wofür wir den Schlüssel brauchen und da dank ihm nichts mehr im Weg liegt, können der Marèchal und ich mit unseren Stirnlampen relativ gefahrlos die Wände unter den niedrigen Runddecken untersuchen. Die Schatten, die unsere Stirnlichter in die Ecken werfen, huschen mit den kleinen Mäusen um die Wette. Es ist kalt hier unten, denn es ist September. Die Abende werden kühl und da unser Hof an sich schon eng ist, schaffen es die Sonnenstrahlen nicht mehr in seine Eingeweide. Im Sommer herrscht hier vermutlich eine lautlose Zwischenwärme, in der Staubpartikel in Sonnensäulen tanzen und die Mäuse Pfote in Pfote in einem engen Reigen darum herum. Gerade jetzt, wo hier Platz ist. Die Suche nach Mäuselöchern, um die Wand zu 'arrys Kellern zu finden, erübrigt sich, denn wir wissen wo die liegen, widerstehen aber dem Impuls, die Mäuse- zu Menschenlöchern auszubauen und raiden zu gehen. Obwohl es bestimmt angenehm wäre, hin und wieder einen teuren Wein in der Wohnung zu haben und dazu das Geld, das er gekostet hätte. Noch lustiger wäre sicherlich, statt des teuren billigen in die Regale zu legen und zu sehen, wann und ob das jemand merkt. Wenn das Essen bei der Zubereitung auf den Boden fällt, merkt das ja auch niemand und da die Tür zur Küche ebenfalls auf den Hof geht und meistens einen Spalt offen steht, wissen wir, dass das nicht das Schlimmste ist, was Essen vor dem Verzehr passieren kann, und verzehrt wird es trotzdem immer wieder. Der Marèchal und ich gehen systematisch ohne Plan vor. Die Stirnlampen sind Überreste aus seiner Zeit in den Bergen, von Ski-Nachtfahrten und Wandertouren im Schatten überhängender Felswände. Er hat deutlich Schwierigeres als Kellerdurchsuchungen überlebt. Ich bin ein Großstadtkind, Pole from the Block, wer sollte sich mit uns anlegen? Dennoch haben die tiefen Decken und der Anblick des alten Gemäuers etwas Respekteinflößendes. Als würden sie sagen: »Wir sind schon seit Jahrhunderten hier, was wollt ihr, ihr Würmer?« Das ist übrigens ein Kavernenhobby, Individuen mit ihrer Bedeutungslosigkeit zu konfrontieren. In Portugal gibt es unterhalb eines Klosters eine nur aus Knochen verstorbener Mönche bestehende Grotte, in der man am ersten Torbogen von einem grinsenden Schädel neben einer aus Knochen gelegten Inschrift begrüßt wird. Die Inschrift lautet: »Nos ossos, que aqui estamos, os vossos esperamos.« Das heißt übersetzt so viel wie: »Wir Knochen, die wir schon hier sind, warten auf die Eurigen.« Die kleine unterirdische, zur Kapelle umfunktionierte Grotte diente den Mönchen vor dem Einfall der Touristen als Rückzugs- und Meditationsort, um sich der eigenen Sterblichkeit bewusst zu werden und ihre Handlungen immer mit der nötigen Demut vollführen zu können. Aber ich vermute, dass darüber hinaus auch das Ego der Grotte seinen Spaß hatte. Vielleicht sollte man Grotten mit Fotos von Steinbrüchen behängen und sie daran erinnern, wo sie herkommen. Oder mit Bildern zerbombter Bunker. Aber damit unser Keller die auch sieht, müssten wir erst mal Strom für Lampen legen und den haben wir nicht, obwohl er auch für unser heutiges Vorhaben äußerst praktisch wäre.

Zum Glück gibt es das Fernsehen.

Fachmännisch fangen der Marèchal und ich an, die Wände nach Hohlräumen abzuklopfen. Mit unseren Händen. Im Nachhinein weiß ich, dass das totaler Quatsch war, denn die Wände sind etwa zweihundert Jahre alt und daher nicht so dünn wie der gewöhnliche Neubau und selbst, wenn ein Hohlraum dahinter gewesen wäre, hätten wir ihn so nie finden können. Natürlich kommt auch keiner von uns in dem Moment auf die Idee, nach oben zu gehen und einen Hammer zu holen. Das Ganze ist so schon peinlich genug. Und sollten wir etwas finden, wollen wir auf keinen Fall, dass das jemand mitkriegt. Aber wir finden nichts. Auch die zweite aus Film und Fernsehen geklaute Technik, nach losen Steinen zu suchen, durch die man eine Geheimtür öffnet, bringt kein Ergebnis. Der Marèchal und ich stehen in der Folge etwas ratlos im Lichtkegel unserer Halogenlampen in der Mitte des Kellers und warten auf eine neue Idee, aber auch die kommt nicht. Unverrichteter Dinge ziehen wir also wieder ab, allerdings nicht ohne das Vorhängeschloss so zu drapieren, dass es geschlossen aussieht, obwohl es noch offen ist, so können wir wenigstens immer in den Keller, wenn uns danach ist. Für den nächsten Feldzug werden wir allerdings Hilfe brauchen von jemandem, der etwas davon versteht. Natürlich meine ich Hitler.

Wir treffen Hitler oben in der Küche. Er bereitet sein Essen dort meistens nur zu und verschlingt es dann in seinem Zimmer, daher weiß ich nicht, wie er das mit dem Haaren macht, allerdings besitzt er eine beachtliche Sammlung an Strohhalmen. Als wir ihn mit dem Problem der Kellerexpedition beauftragen, geht ein Zittern durch den Haarvorhang und die Aufgabe hat einen ähnlichen Effekt auf ihn wie die des Verzehrs von Mahlzeiten, er verschwindet nämlich direkt in seinem Zimmer.

Die nächsten Tage hören wir ihn nur in seinem Zimmerteil werkeln und bekommen ihn allerhöchstens für wenige Sekunden pro Tag zu Gesicht. Es ist nicht auszuschließen, dass die Schleifgeräusche, als würde etwas Schweres über den Boden gezogen, von Eva kommen, wenn sie zum Beispiel im Weg sitzt und Hitler dringend aufs Klo muss oder so, aber nach knapp einer Woche sitzen die Haare und das darunter wieder bei uns am Küchentisch und in den Haaren stecken allerlei Holz- und Metallspäne, sowie diverses Werkzeug vom Schraubenzieher bis zu einer Heißklebepistole, mit der es allerdings anscheinend einen Unfall gegeben hat.

Dennoch sehen die Haare glücklich aus. In der Tat sah Hitler das letzte Mal so glücklich aus, als er mittags nach dem Abwasch plötzlich die Idee hatte, das CD-Radio, das bei uns in der Küche steht, so umzubauen, dass man den Kopfhörerausgang als MP3-Eingang nutzen kann. Die Idee kam ihm unvermittelt durch einen Seitenblick auf das Gerät und die nächsten acht Stunden war die Küche unbenutzbar, weil Hitler in der Mitte von etwas, was wie ein Bombenkrater aus Radioteilen aussah, hockte und wild schraubte und fummelte, während seine Tentakelhaare umliegende Teile für ihn holten oder zurücklegten und ihm gelegentlich die Stirn abwischten. Aber er hat es geschafft. Zwar müssen wir die Play-Taste des Kassettendecks drücken, damit wir etwas hören und das Eingangssignal ist furchtbar übersteuert, aber wir können de facto unsere MP3-Player an den immer noch etwas ungläubig dreinblickenden Mini-Ghettoblaster anschließen. Mit einer ähnlich stolzen Miene wie damals präsentiert uns Hitler also einige Tage nach dem ersten Kellerabenteuer seine Lösung.

»Was ist das?«, fragt der Marèchal und denke ich.

Vor uns steht ein Schuhkarton. Bis auf eine kleine Antenne, die aus seinem Deckel lugt, sieht er aus wie ein vollkommen handelsüblicher Verpackungsgegenstand.

»Das«, beginnt Hitler und der Stolz in seiner Stimme ist nicht zu überhören, »ist ein Sonargerät. Für die Kellerexpedition.« Er strahlt.

»Ahhh«, machen der Marèchal und ich, können uns allerdings noch nicht wirklich zu einem Eindruck durchringen. Langsam nähern wir uns dem Karton, vorsichtig, als könnte dort gleich etwas herausspringen. Hitler derweil kriegt sich gar nicht mehr ein: »Das ist die Antenne und das ist die Platine und das ... ich schalte es mal ein.« Während er erklärt, zieht er sein Handy heraus; er drückt eine Kombination von Tasten und kurz darauf meldet das Display, dass SS Onar einsatzbereit ist. Der Marèchal merkt an, dass Onar ganz schön arabisch klingt, was einen kurzen Schatten auf Hitlers Haarpracht wirft, aber die Begeisterung des Präsentierens nicht stoppen kann.

»Sehen Sie, die Herrschaften ...«, und wir sehen drei Punkte auf dem Display und ein paar Striche. »Diese beiden sind Sie und das bin ich.« Er zeigt auf einen Punkt, neben dem ein kleines *ss* klebt, das sich bei jeder Bewegung des Punktes mitbewegt. »Ich habe mich selbst mit einem Sender markiert, damit kann ich berechnen, in welche Richtung SS Onar sich ausgerichtet hat.« Der Marèchal und ich staunen Bauklötze. Hitler, angestachelt durch die offensichtliche Bewunderung, baut seine Vorführung aus und schickt den Marèchal mit dem Schuhkarton in den Händen eng an den Wänden entlang einmal durch die Küche und tatsächlich meldet das Display die Lücken in den Wänden in Form von Fenster und Tür relativ detailgetreu und erkennt sogar einen Teil des Multifunktionsflurs.

»Wie weit geht die Reichweite?«

»Leider nur etwa einen Meter und 86 Zentimeter, aber das sollte für den Keller hoffentlich reichen. Und wenn nicht, baue ich es nächstes Wochenende aus. Dann schaffen wir bestimmt zwei Meter und vierzehn Zentimeter, wenn ich die ...« Ich höre auf, zuzuhören, und fange an, zu planen. Mit Hitlers genialem SS Onar steht uns der Weg in die Geheimnisse der Kellergewölbe offen. Wir werden also in seit womöglich Jahrhunderten unberührtes Gruftgelände vordringen; das heißt: Wir brauchen Spitzhacken, Atemgeräte, Infrarotbrillen, Mückenspray und vor allem jemanden, der das Ganze filmt.

Zwei Tage später, nach Einbruch der Dunkelheit, steht eine Spezialeinheit bei uns im Hof, bestehend aus Hitler, dem Marèchal und mir. Und Tobi, dem kleinen Bruder eines Freundes, der als Einziger in unserem Freundeskreis Zeit hatte, als Kameramann dabei zu sein. Spitzhacken, Atemgeräte und Infrarotbrillen konnten wir nicht mehr auftreiben, dafür haben wir diverse Schraubenzieher, einen großen Hammer und ziemlich coole Stirnlampen. Zwischen Tobi und uns gab es leider ein Missverständnis was die korrekte Bezeichnung des aufzeichnenden Gerätes angeht, daher wird er die Aktion mit dem Handy filmen, aber er hat uns versichert, dass die Bildqualität hervorragend sei. Nach einem kurzen Check, ob das Restaurant auch gut gefüllt ist und der Franzose und seine Sippe alle Hände voll zu tun haben, versammeln wir uns vor dem fraglichen Kellereingang. Ein kurzer Moment der Stille in Ehrfurcht vor dem, was vor uns liegt, stellt sich automatisch ein. Allerdings sind nur wir Hausbewohner davon ergriffen, denn Tobi hat die Stille dazu genutzt, den MP3-Player seines Handys einzuschalten und schlechter Chartmüll in genauso schlechter Qualität dröhnt durch den engen Hof, in dem der Lärm durch die engen Wände vervielfacht und verletzungsgefährdend verstärkt wird.

»Ey, Tobi, mach den Scheiß aus, das hier ist geheim!«, zische ich ihm zu, während der Marèchal sich träge, aber aufmerksam umsieht und uns darauf aufmerksam macht, dass zwei Lichter im Haus hinter der Mauer angegangen sind. Wir müssen uns nicht absprechen. Wie Schuljungen, die beim Spannen erwischt wurden, springen wir in die Deckung des überhängenden Unkrauts auf eben jener Mauer und hoffen, dass niemand hört, wie laut unsere Herzen klopfen. So ein Hof ist ein verdammter Schalltrichter. Obwohl wir sozusagen auf der Bühne stehen, hören wir von gegenüber das Klicken eines Feuerzeugs und dann ein langes Ausatmen. Fred steht am Fenster und raucht. Wir wissen gar nicht wie er heißt, wir nennen ihn Fred, weil er wie ein Fred aussieht. Er ist etwa in unserem Alter, sieht unangenehm nach Student aus und raucht genau dreizehn Mal am Tag am Küchenfenster in seiner WG-Butze eine Kippe, wobei er meistens sehr interessiert und – wie wir meinen: sehnsüchtig und auch ein bisschen bewundernd – zu uns in die Küche glotzt. Zugegeben, es gibt nicht viel anderes zu sehen außer unserer und eben der Küche des Franzosen, in der sich aber so gut wie nie jemand aufhält, weil die ja eine viel coolere Küche unten im Restaurant haben. Vielleicht hätten wir unter anderen Umständen Fred schon mal zu uns eingeladen, aber die Tatsache, dass er im ersten Stock wohnt und wir im zweiten, gab uns bisher immer das Gefühl, er sei unter unserem Stand. Daher ist es doppelt schmerzhaft, sich ausgerechnet vor ihm zu verstecken, aber da wir nun schon mal damit angefangen haben, können wir schlecht wieder zurück.

Eine Kippe bei Fred dauert im Schnitt vier Minuten und dreizehn Sekunden. Nach exakt dieser Zeit hören wir dann auch das leise Knistern, als er seine Zigarette wie immer in dem Aschenbecher, den er in der nicht die Zigarette haltenden Hand hält, ausdrückt.

»Schönen Abend, Jungs!«, ruft Fred«

»Äh, danke Fred, dir auch!«, antwortet Hitler mit verstellter Stimme, ehe wir hören, wie sich das Fenster schließt. Puh, das war knapp, fast hätte er uns gesehen. Aber nun ist der Weg frei: Keller und dein Geheimnis, wir kommen!

»Das Schloss ist wieder zu.«

»Verdammt!«

Verdammt! Der Franzose ist uns auf die Schliche gekommen. Das hätten wir ihm nicht zugetraut, obwohl es andererseits ziemlich logisch ist, schließlich stehen seine Mülltonnen genau neben der Kellerklappe, also sieht er sie geschätzte hundert Mal am Tag und der kleine Inder, der bei ihm arbeitet, sieht sie wohl noch öfter und ist auch noch näher am Boden. Vielleicht wohnt auch seine Familie inzwischen dort. Es gibt nur einen Weg, das heraus zu finden.

»Ich krieg das Schloss nicht auf.«

»Lass mich mal.«

Während der Marèchal und ich uns mit Hammer und Schraubenzieher auf verschiedene Weisen mit dem Schloss abmühen, steht Hitler nur sanft den Kopf schüttelnd daneben und seine Haare schauen mitleidig auf uns herab. Tobi hat seinen MP3-Player wieder angemacht und schafft es zeitgleich auch noch, mit jemandem zu telefonieren, ihm die komplette Aktion so laut durchs Telefon mitzuteilen, dass er nicht nur die Musik übertönt, sondern jeden unserer Nachbarn von unseren Plänen unterrichtet und verabredet sich umgehend mit ein paar Kumpels einen trinken zu gehen, weil hier ja wohl nichts mehr gehen wird. Das sehen der Marèchal und ich auch irgendwann ein. Das Schloss hat gesiegt und durch es auch irgendwie der Franzose. Auf dem Weg die Treppe wieder hoch, erläutert uns

Hitler, dass wir keine Chance hatten, weil die Bügel des Schlosses aus diametral geplättetem Stahl in Stärke 6,7 wären, während die Druckkraft, die Hammer und Schraubenzieher bei einem Krafteinsatz von 30 Newton, den er uns aus dieser Entfernung zutraut, ungefähr bei einem Drittel von diesen 6,7 lägen. Wir bräuchten also einen Schraubenzieher, der etwa dreimal so lang ist, wie der, den wir haben oder einen dreimal schwereren Hammer oder einfach mehr Kraft, stelle ich fest. Das sei nicht ganz korrekt, belehrt Hitler, denn die Hebelkraft verstärke sich in Anbetracht des uns zur Verfügung stehenden Winkels nicht eins zu eins, sondern mit einem Faktor von 1,4. Das heißt, wir bräuchten einen viermal so schweren Hammer oder einen 3,7-mal so langen Schraubenzieher oder wir müssten einfach die Wand neben der Kellerklappe einreißen, um einen besseren Ansatz zu haben.

Letztendlich ist das aber alles Quatsch, denn wenn wir das Schloss einfach aufbrechen, ist endgültig Sense mit dem Frieden im Haus. Doppelkacke. Zum Glück haben wir einen Hitler in unseren Reihen. Während der Marèchal und ich uns aus Stärkungsgründen direkt in die Küche begeben, schwebt Hitler wortlos weiter in sein Zimmer. Er hat eine Idee, wir werden ihn also wieder ein paar Tage nicht sehen. Das ist gut. Jeder hat seinen Platz in so einem Konglomerat wie einer Wohngemeinschaft, sei es innerhalb einer Wohnung oder eines ganzen Hauses.

Das mit dem Schloss muss natürlich Sanktionen nach sich ziehen. Wir legen eine Spur aus Rattenködern vom Hof über die Regenrinne zu ’arrys Küche.

Wir verzichten darauf, anonym das Gesundheitsamt anzurufen, denn wenn die den Laden dichtmachen, hat ’arry nicht nur schlechte Laune, sondern auch noch ganz viel Zeit, diese an uns auszulassen. Wir wollen ihn nur ein bisschen beschäftigen und was sich neckt, das liebt sich, oder so ähnlich. Um unsere eigentlich guten Absichten zu zeigen, sind jeweils die letzten Köder vergiftet. So ein kleiner Haufen aus toten Ratten sensibilisiert einen auch gleich viel mehr für mögliche unerwünschte Gäste im Kochbereich. Aber wenn das Essen von ihm so schmeckt, wie es aussieht, wäre er das Rattenproblem ohnehin schnell wieder los. Auch Ratten haben ihren Stolz.

Natürlich ist uns bewusst, dass das kindisch ist. Wir könnten ihn einfach jedes Mal nach dem Schlüssel fragen, wenn wir ihn brauchen, schließlich kann ihm ja egal sein, was wir da unten machen, solange wir seine Lüftungsrohre in Ruhe lassen. Aber wir haben einfach zu viel Zeit und ein gewisser Spieltrieb lässt sich wohl auch nicht leugnen.

Ich glaube, wenn wir die Terrasse hätten, wäre die Stimmung im Haus super. Dann stünden da ein Tischkicker und ein fest installierter Grill und alle, die sich über Lärm und Rauch beschweren kämen, kriegten ein Bier in die Hand gedrückt und könnten mitmachen.

Ein Freund von mir ist Jugendpfarrer und sagt, ein Tischfußballtisch ersetzt achtzig Prozent der inhaltlichen Jugendarbeit. Leider ist der Franzose unter uns nur klein und nicht mehr jung.

Eine Zeit lang spielten wir verschiedene Varianten durch. Die beiden mit den meisten Befürwortern waren, eine zweite Ebene in die Küche einzuziehen, im so entstandenen Obergeschoss einen Essdiwan zu errichten, der das Essen im Liegen ermöglichen sollte und in das untere das Spielgerät zu stellen – diese Idee scheiterte leider an der Kühlschrankhöhe – und einen Kicker im Multifunktionsflur an die Wand zu nageln.

Diese Idee scheiterte jedoch vor allem – trotz aller Bemühungen Hitlers – an der Physik. Ein bisschen schade um den Teil, den wir schon aufgebohrt hatten, denn an dieser Stelle funktioniert das Multi des Multifunktionsflurs nicht mehr richtig. Da hängt jetzt ein Bild.

Hitler arbeitete als Ersatz einen Plan aus, die Küche, die sich eine Wand mit dem Treppenhaus teilt, in eben jenes zu erweitern, aber selbst diese Idee scheiterte, nicht wenig überraschend, am Vermieter. Die Zusage des Anwalts hätten wir gehabt.

Nun bleibt uns nichts als der sehnsüchtige Blick aus dem Küchenfenster. Der Marèchal und ich schmücken die dazugehörige Fensterbank gerne mit Werbeprospekten. Neben der Tatsache, dass sie informativ sind, Geld sparen helfen und von selbst ins Haus kommen, sind sie auch so positiv bunt, als wäre die ganze Welt mit dem Weißen Riesen (Color) gewaschen worden.

Hitler dagegen erträgt es nicht, wenn Werbung herumliegt und schmeißt sie für gewöhnlich weg, sobald er sie sieht. Hitler stellt auf die Fensterbank lieber Blumenkästen, Kräutertöpfe oder seine Joghurtmaschine. Die Sachen seien nicht nur alle viel schöner als die bunte Werbung, sagt er, sondern verbauen natürlich den Blick auf den Anbau –eine Übersprunghandlung wohl, damit er nicht immer an sein verlorenes Terrassenprojekt erinnert wird.

Leider hat diese Maßnahme den Nachteil, dass dann das Küchenfenster nicht mehr auf- oder zugeht. Eine Argumentation, die, trotz bestechender Logik, Hitler nicht zum Einlenken bringt. Manchmal ist er echt ein Idiot. Außerdem ist er meistens schneller als der Marèchal und ich.

Als ich eines Abends in die Küche komme, liegt auf der Fensterbank wieder mal nichts mehr und ein kurzer Blick in den leeren Papiermüll sagt mir, dass ich in den Hof zur Mülltonnenarmee gehen muss, wenn ich noch etwas Werbung sehen will. Gedacht, getan. Während ich die Biotonne, die vier Gelben Tonnen, den Restmüll und etwa achtzehn bis über den Rand mit Weinflaschen gefüllte Holzkästen wegräume, um an die Papiertonnen zu kommen, fällt mein Blick wie zufällig auf die Kellerklappe, um die sich in den letzten Tagen alles drehte. Das Schloss an ihr ist weg.

An diesem Abend herrscht konspirative Stimmung im Führerhauptquartier. Der Marèchal, der Führer selbst und ich sitzen im Schein einer einzigen Kerze in der Küche und wispern. Hitler ist ein bisschen geknickt, dass jemand das Schloss entfernt hat, bevor er es konnte. Daher sitzt sein Haarberg nur teilnahmslos auf einem Stuhl und es ist nicht zu sagen, ob Hitler noch drunter sitzt oder sich klammheimlich in sein Zimmer verdrückt hat, um ein bisschen zu weinen. Wenn Hitler es aber nicht gewesen ist mit dem Schloss, wer dann? Wir vermuten natürlich eine Falle des Franzosen, aber letztendlich können wir nur Klarheit erlangen, wenn wir uns in die Höhle des Löwen wagen.

Hitler bedarf zum Glück nicht allzu großer Überredungskünste, um uns mit seinem SS Onar wieder hilfreich zur Seite zu stehen und so machen wir uns – dieses Mal ohne Kamera – wieder einmal auf den Weg hinunter in die Katakomben. Als wir die Klappe öffnen, schlägt uns ein ekelerregender Gestank entgegen. Eva? Vorsichtig lassen wir die Lichtkegel unserer Stirnlampen die Treppe hinabwandern. Am Fuße der Treppe liegt etwas gräuliches, ein seltsamer Haufen, aber wir können nicht klar erkennen, was es ist.

Schritt für Schritt steigen wir mit den Armen über der Nase hinab in die Finsternis, gefasst darauf, jeden Moment eine Hand am Knöchel zu spüren, die uns durch die schmalen Schlitze zwischen den Metallstufen in den Abgrund zieht. Es passiert nichts. Sicher erreichen wir den letzten Absatz. Was dort einen Schritt weiter im Schein der Halogenlichter liegt, ist das pure Grauen. Ein Berg aus toten Ratten mit Resten französischen Essens dazwischen und alles zusammen am vor sich hinverwesen und stinken.

Touché, Monsieur le Restaurantbesitzer.

Als der erste Schock überwunden ist, beschließen wir, trotz allem die Expedition fortzusetzen, nachdem wir die stinkende Masse Fleisch entsorgt haben. Der Marèchal geht zurück ins Hauptquartier und holt mehrere von den großen Mülltüten, von denen wir uns einige über die Hände ziehen, um dann eine mit den Ratten zu füllen. Technisch korrekt sollten wir sie wohl im Restmüll oder in der Biotonne entsorgen, aber wir können es uns nicht verkneifen, die Rattentüte über den vielen Getränkekisten auszuleeren, die überall verteilt den gesamten Hof blockieren. Dann wird es am nächsten Morgen zwar bis zum Himmel stinken, aber wir wissen ja Bescheid und können unsere Fenster auf dieser Seite geschlossen lassen, während wir mit leiser Schadenfreude bemerken, dass die Fenster des Franzosen, auch das seines Schlafzimmers, offen sind. Jetzt müssen wir nur noch Mok verbieten, in dieser Nacht kacken zu gehen.

Nachdem die Sauerei veranstaltet ist, steigen wir wieder zurück in den Schlund der Finsternis und dieses Mal steht uns nichts im Weg, außer vielleicht SS Onars Reichweite.

Wie gebannt verfolgen drei Augenpaare die Linien und Striche auf dem Display von Hitlers Handy. Stück für Stück läuft der Marèchal mit dem Schuhkarton in der Hand die Wände der beiden Kellerräume ab und wir hinterher. Hinter der Wand zu 'arrys Keller liegen offenbar keine Weinflaschen, soviel können wir im Display erkennen. Mehr allerdings nicht und das leider nicht nur da, sondern auch bei den restlichen Wänden. Als der Marèchal zu seinem Ausgangspunkt zurückkehrt, ist die Stimmung sprichwörtlich im Keller.

»Nichts, oder?«, fragt der Marèchal, der nicht die ganze Zeit aufs Display gucken konnte.

Hitler schüttelt nur doomig die Haare, ich bleibe still. Dann kommt mir eine Idee.

»Adolf!«

Der Angesprochene zuckt in meine Richtung.

»Nehmen wir mal an, es gäbe einen Durchgang ober- oder unterhalb der Ebene auf der wir den Schuhkarton, ich meine, den Onar halten. Würde SS den dann erkennen oder nicht?«

Die Haare sehen mich fragend an, daher versuche ich zu präzisieren.

»Also nehmen wir mal an«, ich nehme SS Onar aus des Marèchals Händen an mich, »ich halte das Sonargerät hier hin«, und hebe es etwa in Kopfhöhe, »und der Durchgang wäre hier«, ich zeige auf mein Knie, »könnten wir das dann im Display sehen?« Hitler versteht sofort was ich meine, aber noch nicht dessen Bedeutung.

»Nö, nich so«, sagt er.

»Dann sollten wir dringend noch eine Runde drehen!«, sage ich mit aller Motivation, zu der ich fähig bin, aber es schlägt mir nur ein zweigesichtiges stummes *Warum?* entgegen.

»Oh Mann, überlegt mal: Wir suchen einen Durchgang in einem Kellergewölbe, das früher zu einem Kloster gehört hat, sogar zu einem Frauenkloster. Wann wurden diese Klöster gebaut? Na?«

Wieder nichts.

»Na, im Mittelalter, oder?«

Zustimmendes Schulterzucken.

»Damals waren die Menschen was? Kleiner!«

Ein erstes Aufblitzen von Erkenntnis.

»Und wahrscheinlich stehen wir auch nicht mehr auf dem Originalboden, sondern auf einer mehrfach aufgeschütteten Fläche aus neuen Steinen, Müll und festgetretenen Ratten. Das heißt, wir müssen die Wände auf jeden Fall noch mal in Bodennähe ablaufen, erst dann haben wir alles versucht.«

Endlich bin ich zu ihnen durchgedrungen. Statt zu antworten setzen wir alle drei uns in Bewegung. Dieses Mal halte ich Onar und führe ihn dicht am Boden noch mal an den Wänden entlang. Wir können immer noch nicht erkennen, was hinter der Wand in 'arrys Keller lagert, aber bei der Wand genau gegenüber, im zweiten Raum unseres Minigewölbes, werden wir fündig.

»Da!«, ruft Hitler und, »Da ist was!«, ergänzt der Marèchal und mir selbst ist so, als könnte ich einen zarten Lufthauch durch das Gemäuer wehen fühlen. Wir haben dieses Mal keine Spitzhacken dabei und auch keinen Hammer, aber beides ist auch nicht nötig. Wenn man mal weiß wo er ist, ist der zugemauerte Durchgang mit bloßem Auge und der Hilfe von ein paar coolen Stirnlampen problemlos zu erkennen. Ja, er springt einem direkt ins Auge. Wie die Berserker und nicht mit der geplanten Vorsicht, die einem die Fallenberichte über die Funde der Pharaonengräber gelehrt haben sollten, rütteln in der Folge sechs Hände und ein paar Haarsträhnen an dem offensichtlich morschen und losen Mauerwerk und reißen es Stück für Stück ein. Was sich am Ende offenbart, ist ein Durchgang von etwa fünfzig Zentimetern Durchmesser. Eng, aber möglich.

»Eng«, kommentiert dann auch der Marèchal.

»Eng wie du«, gebe ich zurück. In der Folge weigert er sich, als Erster hindurchzukriechen, in der Angst, einer von uns würde die Situation ausnutzen. Die zarte Seele. Hitler führt als Ausrede seine Haarpracht ins Feld, die für solcherlei Unternehmung nicht gemacht ist, also muss ich den Anfang machen. Es ist in der Tat ein bisschen eng. Der Kopf geht problemlos durch, aber schon bei meinen breiten, muskulösen Schultern stehe ich vor einem Problem. Als Armarbeiter ist diese Körperpartie bei mir natürlich besonders ausgebildet und definiert. Nur durch meine äußerste Geschicklichkeit und meine schlangengleichen Bewegungen gelingt es mir, meinen Körper Zentimeter für Zentimeter durch die Öffnung zu drücken. Leider verrutscht in der Folge meine Stirnlampe, was mein Sichtfeld auf den Boden vor mir und nur einige wenige Zentimeter insgesamt reduziert. Solange ich nicht weit genug durch das Loch durch bin, um meine Arme nachzuziehen, kann ich die einzelnen Figuren, die in den Schatten hinter der Mauer auftauchen und hin und wieder bei einer Bewegung meines Kopfes aufblitzen, nicht identifizieren, aber ich meine, klare Spuren, die auf eine Waffenkammer hinweisen entdeckt zu haben. Mehrere Griffe, ein langes Regal, in dem Musketen aufgereiht sind, sogar einen Teil einer Rüstung. Ich kann kaum erwarten, endlich mehr zu sehen. Das wird die Entdeckung des Jahrhunderts!

»Und, sieht man was?«, kommt Hitlers Stimme gedämpft von meinen Füßen durch die Öffnung. Es klingt seltsam, als hätte man eine Decke über ihn gelegt. Die Schab- und Schleifgeräusche, die ich fabriziere und mein keuchender Atem dagegen klingen unglaublich hell und klar, ich meine sogar ein Echo zu hören. Wahrscheinlich ist das gar keine kleine Kammer, sondern ein richtige Halle. Spontan überlege ich, wie ich die ersten zwei oder drei Millionen Finderlohn ausgeben werde.

»Ich kann noch nichts Genaues erkennen«, rufe ich in Richtung meiner Füße, »aber es sieht so aus, als wäre …«

In diesem Moment geht das Licht an. Kein Fackellicht, elektrische Neonlampen, die an der Decke hängen. Mit Kabel und Strom. Keine Magie, kein Mittelalter. Ich liege neben einem Weinregal und erkenne mehrere Marken, die auch bei Aldi stehen. An der Wand gegenüber sind ein paar Bierkästen gestapelt und in der Tür lehnt – Fred.

»Moin«, sagt er und es klingt ein bisschen verwundert und ziemlich studentisch, also alternativ.

»Servus«, sage ich und mir fällt erst mal nichts ein.

»Willste 'n Bier?«, fragt er nach ein paar Sekunden, in denen wir uns angeschwiegen haben.

Klar, warum nicht.

»Klar, warum nicht?«

»Bedien dich.«

Das ist leichter gesagt als getan, denn ich stecke an der Hüfte immer noch in dem Loch fest. In dem Moment rufen auch der Marèchal und Hitler von der anderen Seite, ob etwas passiert sei und mit wem ich reden würde.

Als würde das die Situation erklären, rufe ich zurück: »Fred ist hier!«, woraufhin Fred: »Wer ist denn Fred?«, fragt.

Ein paar Minuten später sitzen wir alle bei Fred in der Küche. Der Marèchal und Hitler haben mich an den Beinen zurück gezogen, danach haben wir das Loch notdürftig wieder mit den Steinen, die wir vorher rausgenommen haben, verstopft und sind Freds Einladung zu sich nach Hause gefolgt. Ganz normal durch Hauseingänge und so. Fred, stellt sich heraus, heißt eigentlich Claudius und studiert Theologie im vierten Semester.

»Claudius, aha«, sinniert Hitler ein wenig zu laut, »klingt fast wie der Name eines Mönchs.«

Fred, dem der eigentliche Hintergrund dieser Bemerkung nicht klar sein kann, setzt die Flasche, die er schon zu den Lippen geführt hatte ab und sagt: »Hey Mann, danke, voll cool von dir, das zu sagen«, und prostet Hitler zu, der sich, wie wir, also der Marèchal und ich, erkennen können, schon einen neuen Schlachtplan zurechtlegt. Um Peinlichkeiten zu unterbinden, erzähle ich Fred – ich nenne ihn weiterhin so – den ganzen Hintergrund der Kelleraktion, woraufhin er sagt:

»Ja Mann, das hat unser Vermieter hier auch gesagt, von wegen Kellergewölbe und Kloster und so, aber mal ganz im Ernst: Euer Haus steht keine zehn Meter Luftlinie von unserem, was hast du denn gedacht, was aus dem anderen Teil des Kellergewölbes geworden ist?«

Das Argument ist so vernichtend, dass wir drei in betretenes Schweigen fallen, während Fred versucht, uns ein bisschen zu trösten. Ich würde allerdings viel lieber im Erdboden versinken, aber es wäre unhöflich, auch noch das Bier halbvoll stehen zu lassen.

Das Einzige, was mich an diesem Abend noch aufbaut, ist der Moment, als ich zufällig aus Freds Küchenfenster auf unser Haus gucke – man hat wirklich einen sauguten Blick – und sehe, wie der kleine Franzose mit mehreren Weinflaschen in der Hand auf den Hof geht, kurz innehält und dann auf Französisch anfängt zu fluchen wie ein Kesselflicker.

Obwohl es draußen Nacht ist und wir in einer hellen Küche am Fenster sitzen, sieht er uns nicht. Schade, ich hätte ihm gerne zugeprostet.

1940

Gauguin ist tot.

Das lassen wir einfach mal so stehen.

Die eigentliche Kriegserklärung an Frankreich erfolgt noch förmlicher als die an Polen.

»Ja, hallo 'arry, hier ist Hitler aus dem zweiten Stock, ich wollte dich fragen, ob du vielleicht die Musik ein bisschen leiser machen könntest?«

»Ah, oui, spähtär fieleischte. Bonne nuit.« Klick.

Es mag zur allgemeinen Diskussion gestellt werden, ob man sich als Gastwirt, der sich grade an einem Gastraum voller zahlungskräftiger Gäste erfreut, berechtigterweise ans Bein gepisst fühlt, wenn ein anderer Bewohner des Hauses darauf besteht, um 22:34 Uhr die Musik auszumachen und mit einem beschwörenden »Pschscht!« durch die Reihen der Tische geht, oder ob man das Opfer dieses Sachverhalts lieber in einem Mieter sucht, der gerne schlafen würde, weil er am nächsten Tag früh aufstehen muss.

Die Wahrheit liegt vermutlich irgendwo dazwischen, aber ich neige aus verschiedenen Gründen zur Solidarisierung mit Frankreich.

Grund Nummer eins ist sicherlich, dass ich direkt neben Hitler schlafe und nichts vom Restaurant höre, dafür ist der Straßenlärm viel zu laut. Hitler seinerseits ist der Meinung, dass Stadtlärm an sich krank macht und schläft daher ausschließlich bei geschlossenem Fenster, im Winter wie im Sommer, alleine oder, seitdem er sie kennt, mit Eva. Dementsprechend riecht sein Zimmer. Oft bis an die Haustür, was sogar Gästen und uns sowieso schon bei Eintritt in den Bunker auffällt, ihm selbst und Eva, bei der es aber auch daran liegen könnte, dass sie nie rausgeht, aber nie.

Hitler zieht lärminduzierten Stress aus hauseigenen Quellen vor, das Restaurant zum einen, 'arrys Fernseher, der sich direkt unter seinem Bett befindet und den 'arry natürlich erst nach Ladenschluss benutzt, zum anderen und als wichtigstes Element ein mysteriöses Brummgeräusch, dem Hitler monatelang nachts im Schlafanzug durchs Treppenhaus geisternd nachging, um seine Ursache zu finden.

Als er eines Tages freudestrahlend neben einem zähneknirschenden 'arry aus dem Restaurantkellereingang kam, wusste ich, dass er Erfolg gehabt hatte. Das mysteriöse Geräusch, das mir erst auffiel – wenn überhaupt – wenn es aufhörte, ist eine alte Kühlpumpe im Keller. Ich stellte mir schon an dieser Stelle seiner Erzählung genüsslich vor, wie Hitler unzählige Male bei seinen nächtlichen Nachthemdhaunts vor der verschlossenen Kellertür gestanden und sehnsüchtig an dem alten Holz gekratzt und vielleicht sogar ein klein wenig geweint hatte, ehe er sich irgendwann tagsüber gleichzeitig an sein Anliegen erinnert und 'arry im Gang vor der Tür getroffen hat. Zusammen haben die beiden ein Dämpfungssystem aus Styropor und Bauschaum ausgetüftelt, das den Lärm zwar nicht komplett beseitigt, aber doch für Hitler viel erträglicher macht. Seitdem kann er sich komplett auf seinen Feldzug gegen das Restaurant an sich und den Fernseher im Wohnzimmer des Franzosen im Speziellen konzentrieren. Und gegen mich natürlich.

Hitler ist, das mag auch aus der Geschichte erkennbar sein, nicht der kohärenteste Mensch. Ist er zu seinen eigenen Schlafzeiten hochgradig lärmsensibel, ignoriert er andere, ebenfalls ruhebedürftige Lebewesen im Haus normalerweise komplett. Ich rede da natürlich von mir. Anders als Hitler, der gerne auch mal um 16 Uhr klopft, um Bescheid zu geben, dass er jetzt Mittagsschlaf praktizieren wird und wir alle leise zu sein haben, halte ich mich weitestgehend an die europäischen Standardruhezeiten, Hitler allerdings denkt nicht im Traum daran. Neben der Tatsache, dass er im Regelfall durch die Wohnung marschiert und nicht geht, nutzt er vor allem die weit verbreitete Mittagsruhezeit um sein Zimmer zu putzen, den einzigen Teil der Wohnung, den er überhaupt putzt. Damit das Ganze einen Clou bekommt, muss man wissen, dass Putzen für Hitler aus Saugen besteht. Er saugt alles, den Boden, die Regalfächer, den Schreibtisch, das Bett, vermutlich hält er sich das Saugrohr auch als Invert-Fön regelmäßig an den Kopf, das wäre eine Erklärung für ziemlich viele Dinge.

Alles, was über Saugen hinausgeht, befindet er als zu anstrengend und zeitaufwändig. Wenn das der Originalhitler wüsste, er würde sich bestimmt im Grab umdrehen, waren doch Säuberungen sein großes Hobby. Unser Hitler baut auf den natürlichen Staubwischeffekt seiner Haare und führt viel lieber Krieg. Seine konstanten Telefonbelästigungen des armen 'arry führen jedenfalls zu einem – im übertragenen Sinn – Weltkrieg im Haus, einem Hauskrieg also, weil er die Stimmung mit den unteren beiden Stockwerken dadurch so vermiest, dass er uns gnadenlos mit hineinzieht, denn für 'arry stecken wir alle unter einer Decke. 'arry setzt dabei den Hebel an unserem wunden Punkt an – den Fahrrädern.

Wir haben 'arry nach der Kelleraktion bis auf unsere Wohnung so ziemlich das gesamte Haus überlassen: die Front sowieso, den Hinterhof, die Keller, die Macht über die Gas- und Elektrovorrichtungen.

Das machte uns zu wahren Meistern der Organisation; ich erwähnte den Multifunktionsflur ja bereits und bin mir nicht sicher, ob Hitler und mir bei der Konstruktion des Selbigen nicht vielleicht sogar ein Dimensionstor gelungen ist, durch das man Material in einem Paralleluniversum oder einer Parallelzeit zwischenlagern kann. Geneigte Leser, für mehr Informationen siehe: *Quantenmüll* von Andreas Eschbach.

Das Einzige, was bei bestem Willen nicht mehr im Flur unterzubringen ist, sind unsere Fahrräder. Das zweite Problem an dieser Tatsache an sich ist, dass wir mehr Fahrräder haben, als WG-Teilnehmer und das wiederum rührt daher, dass Hitler seine letzten drei Fahrradleichen seit mehreren Jahren von Wohnort zu Wohnort mitschleift und sich beständig vornimmt, sie wieder zu reanimieren, was bisher jedoch ausgeblieben ist. Daher sammeln sich im Hof statt vier regulären, insgesamt acht Fahrräder, weil das von Eva ja auch noch dabei steht.

Hey, Eva hat ein Fahrrad? Das habe ich bisher gar nicht bemerkt. Wann benutzt sie das eigentlich, wenn sie das Haus nie verlässt? Merken: Den Flur beobachten, ob Eva für den Weg von Hitlers Zimmer ins Bad das Fahrrad nimmt. Würde neues Licht auf Hintergründe und Ursachen ihrer Fettleibigkeit werfen.

Acht Fahrräder nun beanspruchen mehr Platz als Frankreich der Weimarer Republik zugestehen will, als Reaktion darauf hat Frankreich kurzerhand die Räder eingemauert. Kein Witz, wieder eine Mauer.

'arry hat die natürlich ebenfalls aufgrund des Restaurants in Fülle vorhandenen Mülltonnen ringförmig um die Fahrräder arrangiert, die er zu diesem Zweck in eine Ecke des Hofs geschoben hat, sodass wir, wenn wir die Räder überhaupt hinter dem Wall finden, erst eine Bresche schlagen müssen, um zu ihnen und mit ihnen wieder hinaus zu gelangen. Stellen wir die Tonnen nicht wieder zurück, wirft uns 'arry vor, wir würden den Restaurantbetrieb be'indern und sorgt dann dafür, dass der Restaurantbetrieb uns behindert, indem er seinerseits den Gang vom Hof zur Haustür mit Weinkartons, Mülltonnen und was sonst gerade zur Hand ist, vollstellt, damit wir mit den Rädern gar nicht mehr raus können.

Durch dieses ganze Chaos stapft regelmäßig der blinde Anwalt und tastet sich mit ausgestreckter Hand und entweder einem seiner Bestimmung zuzuführenden Müllsack oder dem klassischen und im Gang mehr als verwirrten Blindenstock in der anderen, durch Hof und Gänge und versteht nicht so recht, was im Haus vor sich geht, seit wir da wohnen, neben der üblichen Ratlosigkeit, ob wir nicht vielleicht sogar schon ausgezogen sind.

Das Ganze spitzt sich von Tag zu Tag zu, bis Hitlers Helfer (also die WG) und der Führer selbst sich nicht anders zu helfen wissen, als grob gegen die geschichtlichen Fakten zu verstoßen: Wir rufen Hilfe.

Im schriftlich (also per E-Mail) ausgehandelten Waffenstillstand von 1940, den wir durch die Vermittlung des Vermieters erwirken, wird unseren Rädern freies Geleit zugesichert, ebenso bekommen wir das Beneluxdreieck zugesprochen, wie wir die Ecke nennen, in der die Räder stehen. Der Franzose erhält eine Rüge hinsichtlich seines unorganisierten Müllverhaltens, weswegen er ab diesem Tag zähneknirschend die Mülltonnen in der den Fahrrädern gegenüber liegenden Ecke sammelt, allerdings mit der Verpflichtung für uns, die Grenzen unserer Ecke niemals zu übertreten, und wenn wir zehn Fahrräder hätten. Haben wir auch zwei Monate später, aber dazu gleich mehr.

An der Oberfläche ist der Krieg an der Westfront damit durch den Friedensvertrag beendet, unter der Oberfläche schwelt der Konflikt aber unaufhörlich weiter.

Mitschuldig am Ausmaß der Misere ist auch der vor kurzem eingebrochene Winter. Es ist kalt, die Fahrräder sind eingeschneit und weil es draußen so eklig ist, hängen wir alle in diesem Haus aufeinander und gehen uns auf die Nerven. Faszinierenderweise nerven wir uns selektiv, das heißt: Mich nerven Hitler und der Mok, Hitler nerven der Franzose und der Rest der Welt und den Marèchal nervt Eva, die mich eigentlich auch nervt. Moks Kackspuren scheinen immer größer zu werden und er selbst immer dümmer. Leider haben der Marèchal und Hitler nicht die Eier, ihn rauszuwerfen, was ich bereits mehrmals vorgeschlagen habe, und auch das nervt mich. Eigentlich nervt mich alles.

Eine der faszinierendsten Geschichten des ersten Weltkriegs ist die Weihnachtsnacht, in der Teilnehmer der verschiedenen Armeen einen Tag lang ihre Waffen ruhen gelassen und miteinander Weihnachten gefeiert haben, nur um sich am Tag darauf wieder gegenseitig umzubringen. Das habe ich in gewisser Weise an jedem Arbeitstag und mein Weihnachten heißt Nicole.

Nicole ist meine Kollegin, genauer gesagt, ist sie Kosmetikerin und macht deswegen nur *kosmetische* Massagen, das heißt, der Tiefeneffekt ihrer Behandlungen hört in der mittleren Hautschicht auf. Bei ihr käme allerdings nie jemand auf die Idee, die ganze Zeit »fähster, fähster, AAAHRG!« zu rufen, wie das bei mir manchmal geschieht, wenn auf der Bank einer von diesen profilierungsgeilen Rüden liegt, dieselbe Art, die einem bei jeder Begrüßung versucht die Hand zu brechen und es dann doch nicht schafft. Nicoles Berührung ist wie fünf Tafeln Schokolade. Sie hat diese Art Hände mit langen, filigranen Fingern und einer seltsam flächigen, aber doch länglichen Handfläche, die ihre Berührungen wohl so intensiv macht.

Weil sie sich nie wirklich anstrengen muss, sieht sie auch ätherisch aus, groß, schlank, blond, und bewegt sich durch die Räume mit der Anmut von Schilfgras, das sich im Wind wiegt. Das alles zusammen lässt den Kunden jeden Gedanken an schwitzen, pressen, würgen – was man so als Masseur macht – vergessen.

Unnötig zu erwähnen, dass sie schön wie ein Engel ist. Ihr für ihr Erwachsensein untypisch weizenblondes Haar umrahmt ein Gesicht, das nicht mehr von dieser Welt ist, alleine schon wegen des gleichmütigen Ausdrucks darin. Wenn Obelix' Stärke daher kommt, dass er als Kind in einen Kessel mit Zaubertrank gefallen ist, hat Nicole im selben Alter bestimmt mal aus dem Grasvorrat ihrer Eltern genascht. Der Nachteil: Sie hat eine echt miese Haltung. Aber das ließe sich ja korrigieren, wofür bin ich vom Fach?

»Morgen Paul«, schweben Nicole und ihre Stimme vorbei, als ich meinen ersten Gast vorne an der Rezeption abliefere und mir ein koffeinfreies Mineralwasser gönne.

Sie ist längst wieder verschwunden, bevor der Nachhall ihrer Stimme verklungen ist. Ich muss sie bei Gelegenheit mal fragen, wie sie das macht. Ich sollte überhaupt mal anfangen, mit ihr zu reden. Wenn das Briten und Deutsche können, sollte das zwischen mir und Nicole eigentlich auch klappen.

»Morgen Nicole, mein Herz!«, rufe ich ihr leise hinterher, was sinnlos ist, denn sie befindet sich seit zwei Minuten mit ihrer Kundin in Behandlungskabine fünf, den Gang runter, um die Ecke und die dritte links und als einzige Antworten kommen ein genervtes »Pscht!« und ein böser Blick von Marion, die direkt vor mir sitzt.

»Du solltest sie echt langsam mal ansprechen«, schiebt sie hinterher. Verwirrt schaue ich sie an. »Wen?« Sie verdreht die Augen. Mein Gott, sie kann ihre Augen fast so verdrehen wie Nicole. Ach, Nicole, mein Engel!

»Paul, Hase«, säuselt Marion. Säuseln kann sie echt gut. Säuseln und Augen zu Schlitzen verengen. Und da sage einer, Frauen seien nicht einfach zu verstehen.

»Äh, ja?«, gebe ich mich möglichst unbeteiligt, so als wüsste ich nicht längst, von wem sie redet. Außerdem muss ich was sagen, um das schuldbewusste pubertäre Grinsen zu unterdrücken, das ich immer kriege, wenn mich jemand auf meine heimliche Liebe zu Nicole anspricht.

»Lad sie doch mal zum Essen ein. Oder auf ein Eis. Oder geh mit ihr ins Kino. Aber tu mal was.«

»Ach … weiß nicht.«

Nicole hat natürlich einen Freund, und nicht irgendeinen. Der Typ ist der jüngste Sohn einer hypothetischen schwulen Ehe von Brad Pitt und Hugh Chapman. Nicht der größte Verbalakrobat, also keinesfalls in meiner Liga, aber eben so richtig geil aussehend. Dazu auch noch Bulgare. Wäre er wenigstens Italiener, könnte man mit den gängigen Klischees arbeiten, aber Bulgaren sind immer noch was exotisch Unbekanntes und man kann jede seiner Verschrobenheiten auf seine für uns mysteriöse Kultur schieben. Ach, weh mir.

Das Gemeine an Nicole ist, dass sie keinesfalls daran denkt, mir die kalte Schulter zu zeigen oder sonst irgendeinen tiefer als ihre Fehlhaltung liegenden Schaden zu offenbaren. Im Gegenteil, Nicole ist der verspielteste und einseitig kuscheligste Mensch, den ich kenne. Einseitig kuschelig, weil sie sich selten zurückkuscheln lässt, das verwirrt natürlich den männlichen Beschützerinstinkt in mir. Das Ganze sieht so aus, dass man völlig nichtsahnend am Schreibtisch langweilige Listen ausfüllt, und plötzlich schubst etwas Weiches, gut Riechendes, zweimal halbherzig meinen Kopf Richtung Bildschirm und ist wieder verschwunden, ehe ich es packen, ausziehen und ausgiebig daran riechen kann.

Es ist auf jeden Fall ein seltsames Verhalten und ich weiß auch nicht, warum sie immer latent versucht mich umzubringen. Sie tut es jedenfalls nicht konsequent; vielleicht auch, weil man gleich wüsste, dass sie es ist.

Aber sie riecht so gut. Bei Nicole denke ich komischerweise nie an Sex.

Meine Phantasien mit ihr sehen so aus, dass ich ihr ihre Kleider nur bis über die Schulter runterreiße und dann meine Nase in ihre Halsbeuge grabe und an dieser Stelle endet die Phantasie ohne weitere Handlungen. An ihr einmal ausgiebig riechen zu dürfen wäre für mich reiner Nektar.

Andere Gedanken gehen mir an diesem Abend durch den Kopf, als wir in der Küche sitzen und das tun, was alle Regime dieser Welt tun, um von innenpolitischen Problemen abzulenken – sich mit außenpolitischen befassen. Nach der missglückten Kelleraktion verlegen wir unser Augenmerk auf das andere ungelöste Mysterium innerhalb des Hauses: den Geist unter dem Dach. Allerdings müssen wir leise sprechen, denn Eva ist gerade durch einen Teil des Flurs ins Bad gerollt und ich will eigentlich nicht, dass sie etwas von unseren Abenteuerausflügen mitkriegt. In der Tat frage ich mich, wie Hitler das mit ihr macht, so wie ich mich das bei allem frage, was er mit ihr machen könnte. Außerdem kann auch jede Sekunde Moks hässlicher Kopf um die Ecke kommen.

Moks Kopf trifft üblicherweise einige Minuten vor seinem Körper ein. Und noch bevor der Kopf kommt, hören wir ihn schnaufen. Es ist skurril. Mok ist schon groß, aber sein Kopf ist gebaut und geformt wie ein Frachtcontainer und er im Ganzen kann sich so … außergewöhnlich bewegen, dass man manchmal den Eindruck bekommt, dass nur sein Kopf in die Küche kommt und der Rest noch im Zimmer sitzt. Wie ein Schlange. Wie eine Schlange mit Schuppen in den Haaren statt am Körper. Wobei …

»… wir nicht erwischt werden«, unterbricht die Stimme des Marèchals die schillernde Stille meiner Gedankengänge.

Beide, Hitler und der Marèchal schauen mich an, als sei jetzt ein Beitrag von mir gefragt.

»Pardon?«, sage ich. »Ich hab mich gerade gefragt, ob Mok eine Schlange ist und Schuppen am Penis hat.«

Die Blicke und das abwartende Schweigen der beiden bleiben.

Als nichts mehr kommt, fragt Hitler vorsichtig: »Wieso?«, worauf ich etwas Unverständliches in mich hinein nuschele, aufstehe und zum Kühlschrank gehe, in der Hoffnung, die Situation so wieder von mir abzulenken. Mit dem Rücken zu den beiden anderen warte ich, dass das Gespräch von selbst wieder in Gang kommt.

»Wenn eine Sicherheitsschranke da ist, kann ich das wie gesagt nicht vorher wissen«, erörtert Hitler und da er merkt, dass ich lausche oder das sieht, weil er gar nicht zum Marèchal hingewandt, sondern vielleicht anders herum auf seinem Stuhl sitzt – bei den Haaren kann man das nie genau sagen – geht er noch mal das ganze Problem durch und erklärt, dass es zwar möglich sei, den Aufzug so zu manipulieren, dass man auch ohne den entsprechenden Schlüssel in den vierten Stock kommt, dass das jedoch genau wie beim Autoaufbrechen mit einer Alarmsperre gesichert sein könne.

»Meinst du echt?«, steige ich zurück in das Gespräch ein und meiner Meinung nach ist diese Frage mehr als berechtigt.

Wir hatten uns den Aufzug in den vergangenen Tagen noch einmal genau angesehen und dabei ist uns ein wichtiges Detail aufgefallen: Der Schlüssel, der den Weg in den vierten Stock freischaltet, ist keiner von den neumodischen, komplett verzahnten oder sogar ein Sicherheitsschlüssel. Nach dem zu urteilen, wie das Loch dazu aussieht, ist er einer von den altmodischen, mit einem langen, runden Stift zwischen Griff und Zähnen. Es ist unwahrscheinlich, dass ein Aufzug, der mit einem so antiquierten Schlüssel zu entriegeln ist, über eine Alarmanlage verfügt.

»Da hat aber einer wirklich Humor«, bemerkte der Marèchal anerkennend, als wir das mit dem Schlüssel entdeckt hatten.

»Oder der Aufzug ist echt alt«, hatte ich gesagt und schon damals diesen etwas misstrauischen Blick geerntet, der mir auch eben in der Küche entgegenschlug. Keinen Humor, die Herren. Dabei können Aufzüge wirklich alt sein und vielleicht ist das ja einer der ältesten noch Existierenden in Europa. Wenn wir den an ein Museum verkauften …

»… sollten wir Getränkekisten hochschicken.«

»Nein«, rufe ich, »dann fallen die ja in den Schacht!«, und merke umgehend, dass die Diskussion in der Küche gerade wieder in eine andere Richtung geht, als die in meinem Kopf.

»Sorry, weitermachen!«, sage ich den inzwischen ziemlich kritischen Blicken und lasse mich tiefer in meinen Stuhl sinken, weil das unsichtbar macht.

»Getränkekisten wären perfekt«, leuchten die Augen des Marèchal. »Und zwischen die Flaschen stecken wir eine Kamera und SS Onar, die beide per Sender live auf meinen PC übertragen!«, ereifert sich Hitler und die Haare hüpfen vor Freude.

Die nächsten zwei Stunden vergehen in eifriger Besprechung und als der Abend schon lange zur Nacht geworden ist, sind unsere Überlegungen so weit gereift, dass sie ein Plan sind.

Wir stellen eine von unseren Bierkisten in den Aufzug, brechen die Sperre auf, schicken das Ding hoch und sind live per Kamera dabei, können jedoch nicht erwischt werden. Spätestens wenn Hitler die liebevoll in seinen Schuhkarton geritzten SS Runen entfernt hat, kann niemand uns nachweisen, dass wir an der Sache beteiligt waren. Wahnsinnig aufregend, ich fühle mich wie ein Mitarbeiter der NASA, der eine Expedition mit einem Marsroboter plant oder wie Tom Cruise in *Mission Impossible*.

Eine weitere Stunde diskutieren wir die technischen Details und die Frage, ob wir eine volle oder eine leere Bierkiste hochschicken sollen. Das eine würde bei Scheitern gegebenenfalls den Verlust minimieren, wenn da oben aber wirklich jemand wohnen sollte, egal ob Geist oder Mensch, dann wären ein paar Flaschen Bier ein guter Eisbrecher und gegebenenfalls eine wirksame Besänftigung, weil wir trotz allem in einen fremden Bereich eindringen.

Dieser Teil beschließt dann auch die Diskussion. Wir schicken genau zwei volle in einer ansonsten mit leeren Flaschen gefüllten Kiste hoch. Das versinnbildlicht Gemeinschaft, ist nicht zu teuer und lenkt von der mitbeteiligten Kamera ab. So machen wir es.

Meine persönliche Begeisterung bekommt einen kleinen Dämpfer, als Hitler seine normale Digicam liebevoll in einer Ecke der Kiste drapiert. Die Kamera ist mehr als faustgroß, sitzt wie ein dicker Maulwurf auf den Schultern von zwei Flaschen und leuchtet auffordernd durch eine große, grelle, rote LED-Birne.

»Willst du nicht vielleicht noch ein Deckchen unterlegen?«, frage ich.

Hitler bemerkt den Sarkasmus, versteht aber nicht genau, worauf der sich bezieht und scheint für eine Sekunde zu überlegen, ob er wirklich ein kleines Platzdeckchen holen soll. Hitler hat so was. Ich werfe die Hände in die Luft und dem Marèchal den klassischen Hilf-mir-Blick zu, der ihn wenigstens dazu bewegt, sich bräsig aus einer Halbhorizontalen aufzurichten und sich die Sache genauer anzusehen. »Ich glaube, eine Decke wäre zu auffällig«, kommentiert er.

»Die ganze Scheißkamera ist zu auffällig! Mensch, Adolf, gab's die nicht eine Nummer kleiner?«

Hitler schaut mich offensichtlich getroffen an und fragt: »Was hast du denn erwartet?«

Ja, was hatte ich erwartet? Ehrlich gesagt hatte ich, als wir den Plan ausarbeiteten, an diese superminikleinen Stabkameras gedacht, die Sonderermittler und verdeckt agierende Agenten bei ihren Einsätzen benutzen. So das Modell Brillenbügelgröße. Aber wenn ich ganz ehrlich bin, treffen erst in diesem Moment bei mir weiterführende Gedanken ein, etwa, wo man so was her bekommt und wie viel das vielleicht auch kostet. After all sind wir nicht zuletzt aus finanziellen Gründen eine WG.

Zum Glück macht Geldnot außer unzufrieden auch erfinderisch und wir behelfen uns damit, das rote Lämpchen mit schwarzem Gaffer abzukleben. Das hilft uns auch bei der Erstellung einer hypothetischen Verhörversion und so stimmen wir uns ab, bei Nachfrage anzugeben, dass uns die Kamera irgendwie in den Kasten gefallen sein muss und wir sie wegen der defekten Leuchte übersehen hätten, als uns der Kasten dann aus den Händen in den Aufzug gerutscht sei.

Eine alternative Ausrede wäre zu sagen, dass wir sie hinter SS Onar einfach nicht gesehen hätten, denn auch der Schuhkarton ragt wie der kleine Bruder des Mount Everest aus dem Kasten und provoziert zwar nicht durch Leuchtmittel, aber dafür mit der kleinen, sich mit einem elektronischen Surren drehenden Antenne. Sei's drum. Die Wahrscheinlichkeit, dass der Aufzug sich zu einem leeren Flur in einer unbewohnten Wohnung hin öffnet und außer uns keiner diese geniale und gleichzeitig unglaublich dämliche Konstruktion zu Gesicht bekommen wird, ist sowieso mehr als hoch. Als der Kasten fertig ist, stehe ich auf und will ihn zum Aufzug tragen. Die anderen beiden bleiben sitzen.

»Was ist?«, frage ich.

Der Marèchal guckt träge und sagt: »Das wollte ich dich gerade fragen.«

»Na, jetzt geht's doch los, oder?«

Die beiden wechseln stumm einen Blick. »Nein, natürlich nicht.«

»Wir haben doch den Aufzugcode noch gar nicht!«

»Wieso denn nicht?«

An Hitlers Stimme merke ich, dass er langsam wirklich etwas säuert. »Was glaubst denn du, wie lange so was dauert?«

»Äh …«, weiter komme ich nicht.

»Außerdem hab ich noch was anderes zu tun. Ich hab auch einen Job und im Gegensatz zu dir eine Freundin.«

»Rohmaterial für drei!« Denke ich aber nur. Denn natürlich hat er recht.

»Äh, was meinst du denn, Hitler, wie lange wird das noch dauern?«

Hitler grummelt hörbar. Ein Zeichen, dass es ihm an seinen Stolz geht, dass da ein ungelöstes Problem in seinem Universum existiert. Der Marèchal und ich warten. Hitler grummelt ein zweites Mal. »Ich sag euch Bescheid.«

Ein Freund von mir erzählte mir und einem anderen Freund einmal, dass das Wort Stress erst in den frühen dreißiger Jahren des letzten Jahrhunderts erfunden wurde. Der andere Freund fragte daraufhin, was man vorher stattdessen gesagt hatte, was mir spontan entlockte: »Wisst ihr, früher hatten wir Krieg mit den Deutschen. Jetzt haben wir Stress mit ihnen«, was wir alle lustig fanden, obwohl die anderen und streng genommen ja auch ich gar keine Polen waren. Einer von ihnen war Türke und er lachte am lautesten.

Dabei ist Krieg mit Deutschland überhaupt nicht lustig.

Bevor es zu einer Lösung in Sachen Dachwohnung/Geist kam, entdeckte Hitler den Quark. Rückblickend kann man sagen, dass Quark der eigentliche Auslöser für Hitlers Großfeldzug war. Dass er nur Quark im Kopf hatte, vermuteten wir sowieso seit einiger Zeit. Jedenfalls, und das ist einer der charmanteren Züge an ihm, weist Hitler zuweilen die Begeisterungsfähigkeit eines kleinen Kindes auf, was man an der Episode mit SS Onar sicherlich schön sehen konnte. Seit einiger Zeit also klebt auf der Pinnwand über unserem Küchentisch eine mehrseitige, aus einer Zeitschrift herausgerissene Einführung über den Quark als Lebensmittel an sich, nebst einiger Rezepte und unerhörter Tipps im Stile von: »Um im Sommer die Haut zu kühlen, kann man sich Quark direkt darauf schmieren. Aber nicht vergessen den Quark vorher im Kühlschrank gekühlt zu halten, damit er auch schön kühl ist.« Was mir ein müdes Lächeln und dem Marèchal keine wahrnehmbare Reaktion entlockt, ist für Hitler dagegen eine Offenbarung biblischen Ausmaßes. Seit diesem Tag gibt es bei uns jeden Tag Quark.

Denn Quark ist raffiniert. Quark ist so vielseitig, dass man auch an 365 Tagen jeden Tag eine unterschiedliche Variante davon zubereiten kann. Quarkauflauf mit Pfirsichen, Quarkauflauf mit Kirschen, Quarkauflauf mit Zwetschgen, Quarkauflauf mit Nutella, Quarkauflauf mit Nuspli, Quarkauflauf mit Nutoka – der geneigte Leser entdeckt an dieser Stelle sicherlich das Muster dahinter. Hitler dagegen entgeht das grundsätzlich. Seine Begeisterung scheint sich im Gegenteil immer weiter zu steigern, je weniger der

Marèchal und ich uns für den Quark interessieren. Vorträge über den Nutzen des heiligen Milchprodukts, gepaart mit übertrieben lauten Genussäußerungen während des Verzehrs und das ständige Angebotenkriegen der Hälfte, die nie vom Blech gegessen wird, es sei denn, Hitler möchte es mal wieder allen zeigen, verfolgen uns bei jedem gemeinsamen Essen.

Denn – das ist immerhin bemerkenswert – seit er den Quark hat, isst Hitler mit uns und nicht mehr in seinem Zimmer. Ich habe dazu zwei Theorien – entweder Hitler hat Angst, dass ihm Eva sonst etwas wegisst und er nicht genug bekommt oder er hat Angst, dass Eva ihm alles wegisst und irgendwann so dick ist, dass er gar nicht mehr an ihr vorbei aus seinem Zimmer kann.

Ich würde gerne gehässig sein und schreiben, dass Hitler auch immer quarkiger wird, aber das ist nicht der Fall, denn noch quarkiger als Hitler ohnehin schon war, geht gar nicht. Als guter Arier pflegt er eine blasse Körperfarbe seit jeher und schon lange bevor der Quark kam, eigentlich schon immer, war und ist Hitler ein Milchkind.

Eine der höchsten Anforderungen an die Organisation eines gemeinsamen Kühlschranks in einem Haushalt mit vier bis sieben Personen, stellen die acht Milchtüten, die Hitler bei jedem Einkauf mitbringt, dar. Hitler geht im Schnitt alle vier Tage einkaufen und ist, wenn auch unbestritten der größte Verbraucher, nicht der Einzige bei uns, der Milch trinkt. Und dazu jetzt der ganze Quark im Kühlschrank. Für jemanden mit hitleresken Denkdimensionen tut es pro Mahlzeit schließlich nur ein ganzes Vier-Personen-Blech, denn den Rest gibt es immer wieder zwischendurch und aus dem Kühlschrank auch mal zum Frühstück, um Kraft für die Zubereitung des nächsten Blechs zu sammeln.

Doch das Absurdeste an Hitlers Quarkerei ist, dass Hitler glaubt, mit der Zubereitung von Quarkaufläufen in die Regionen eines Sternekochs aufgestiegen zu sein. Das ist der eigentliche Grund, warum diese Zeitschriftenausschnitte bei uns hängen, denn Hitler, über dessen bescheidene Fähigkeiten am Herd bereits berichtet wurde, versucht uneigennützig durch die unverschlüsselte Darstellung seines größten Geheimnisses, den Marèchal und mich daran teilhaben zu lassen. Divide et impera.

Es ist einige Tage später. Hitlers sind ausgegangen, der Marèchal und ich bereiten wieder einmal gemeinsam Sushi zu und dieses Mal kommt es aus dem Marèchal, dass der Führer ihm mit seinem Quark gewaltig auf die Nerven geht. Während wir eine Nigiri-Rolle zärtlich mit schwarzem Sesam bestreuen, kommt uns die Idee, dasselbe mit Hitlers Quarkexposé zu machen. Als der Sesam nicht hält, pinnen wir zuerst einzelne Sesamkörner mit Reißzwecken fest, aber da das den Effekt etwas versaut, weil die Sesamkörner unter den Reißzwecken komplett verschwinden, nehmen wir zur flächigen Unterstützung und Quarkverdeckung die gesammelten Werbeprospekte aus dem Papiermülleimer mit dazu.

Nach einem Tag wirkenlassen, ein Tag, an dem Hitler eigenartig ruhig bleibt, wird daraus ein System, denn indem wir für uns als Reminder Werbeprospekte auf der Seite aufgeschlagen, auf der Artikel sind, die uns interessieren, sie so an die Pinnwand pinnen, haben wir unsere Werbung und Hitler endlich seine freie Fensterbank.

Nach diesem Tag macht Hitler nie wieder Quark, aber das war in etwa der Punkt, an dem er angefangen hat zu kochen.

1941

Winterzeit, freies Sinnieren.

Die weiße Decke des Winters legt sich über die Stadt und erstickt Geräusche und Eichhörnchen. Auch im Haus wird es immer stiller. Das Ächzen und Knarren aus dem Nebenraum hat zum Beispiel größtenteils aufgehört. Sowohl dasjenige, das nach Sex klingt, als auch jenes, mit dem man Evas Bewegungen in der Wohnung verfolgen konnte. Seltsam. Aber kein Grund zur Beunruhigung. Wenn sie tot ist, haben wir für ein Jahr zu Essen. Wenn man das Fett nach dem Braten abschneidet vielleicht wenigstens für einen Monat. Ich bin sicher, ihre Knochen auszukochen gibt eine leckere Brühe, bei dem ganzen Essen, was sie Zeit ihres Lebens in sich reingesteckt hat. Gaspistolenjoe. Gaspistolenjoe ist eine der Lieblingsfernsehfiguren von Hitler. Gaspistolenjoe schleicht sich an seine Opfer an und schießt ihnen von hinten in den Mund. Klingt kompliziert, fällt aber vermutlich unter künstlerische Freiheit. Jedenfalls blähen sich seine Opfer durch das Gas auf und platzen dann. Irgendwie muss ich bei Gaspistolenjoe immer an Eva denken, auch wenn er bei ihr sicher zwei Patronen brauchen, oder sie womöglich verschonen würde, weil er meint, sie habe schon mindestens eine Patrone intus.

Woran immer es liegt, in der Stille fällt selbst das Fehlen von Evas Bodenverdrängungsgeräuschen schmerzlich als Fehlen von Leben auf.

Im Moment fühlt sich der Gang durch den Flur an, als würde man durch ein Geisterschloss laufen. Bei jedem Schritt hat man ein leises Ziehen im Rücken und meint zu spüren, wie jeder zurückgelegte Meter mit Spinnweben zuwächst und die Wohnung sich selbst versiegelt.

Manchmal wenn ich das Haus verlasse, habe ich das Gefühl, ich verlasse es zum letzten Mal, denn wenn ich zurückkomme, ist es ganz tot. Alle darin sind tot und das Haus ist tot und an seiner Stelle finde ich die kalte Asche eines niedergebrannten Feuers.

Spa-Bereiche dagegen sind in gewisser Weise untot; weil sie aus der Idee der Sache heraus immer kuschelig und warm sind. Und hell. Am besten Neon, damit sich die Gesichtsfarbe der Gäste nicht so unangenehm von den Glühbirnen abhebt. Zum Glück tragen die Menschen Kleidung, sonst würde man sie vor den Wänden leicht übersehen.

Zu dieser Jahreszeit sieht Nicole noch mehr als sonst wie Schilfgras aus. Die Stille der Welt von draußen sickert durch die Wände, dämpft die Geräusche bei uns in den Gängen und Nicoles Gehstil bekommt durch die Lautlosigkeit eine surreale Komponente.

Nicole.

Ich flüstere ihren Namen und stelle mir vor, wie das geflüsterte Wort einen Körper bekommt, hauchzart, kaum sichtbar, wie gerade ausgeatmeter Rauch, wie es ihr durch das Haus hinterherschleicht, sie streichelt und sich auflöst, wenn sie sich umdreht.

Ich streichele sie pausenlos in meinen Gedanken. Sie schubst mich ja auch ständig, nachdem sie sich vorher von hinten angeschlichen hat.

Ich komme nicht mit mir überein, was ihre Absicht ist, wenn sie eine hat. Vielleicht ist sie einfach extrem kurzsichtig. Das würde auch erklären, warum ich mich von ihr übersehen fühle.

Manchmal aber habe ich das Gefühl, sie übt nur für den einen Moment, in dem sie und ich zeitgleich an einem offenen Aufzugschacht vorbeilaufen. Nur warum?

Ich frage das Netz als ich wieder zu Hause bin, finde aber keinen Hinweis auf Nicole in den Aufnahmen von U-Bahn-Schubsern und auch nicht bei anderen rätselhaften Kriminalfällen. Leider gibt es auch sonst keine Videos von ihr. Eine Suchanfrage bei youtube mit der simplen Eingabe *Nicole* fördert diverse Versionen des Grand Prix Gewinnertitels von 1982, sowie die Songs einer gewissen Nicole Nordemann, von der ich davor und danach nie etwas gehört habe, zutage. Leider wird niemand in den Videos geschubst. Ziemlich dumm, die wissen gar nicht, was sie verpassen. Eine weitere Anfrage mit *Nicole nackt* ergibt ebenfalls nur die altbekannten Nacktszenen von Nicole Kidman und mehrere verheißungsvolle Titel mit Stars namens *Nicole* und *nackt* dahinter, womit für gewöhnlich besonders tiefgehende und persönliche Interviewaussagen gemeint sind, zum Beispiel, welche Schuhe die betreffende Person im Moment trägt.

Um nicht umsonst Zeit in eine fruchtlose Suche gesteckt zu haben, sehe ich mir im Anschluss die Szene aus dem Parfum an, in der Grenouille das Mirabellenmädchen tötet. Just in dem Moment spaziert der Marèchal herein.

Das ist eine der Eigenheiten dieses Teils des Hauses, dass wir die Türen offen lassen. Zumindest wir im Osten. Den internationalen Medienberichten nach sind wir im Allgemeinen liberaler als die auf der anderen Seite der Mauer, aber wir haben ja auch einen KGB. Der Unterschied zwischen KGB und CIA und Co. liegt hierbei darin, dass der KGB nicht versucht, irgendetwas heimlich zu machen. Das hat eine ganz andere Tiefenwirkung auf das eigene Volk. Hitler dagegen hat Eva und kann seine Tür gar nicht richtig aufmachen, weil dann einer von beiden in den Gang müsste. Und das wäre nicht Eva.

Jedenfalls steht der Marèchal vor mir und ich versuche besonders laut und betont zu sprechen, um ihn davon abzulenken, dass ich gerade behutsam meine Hand wieder aus der Hose ziehe. Er verrät mit keiner Regung, ob er es bemerkt oder es ihm etwas ausmacht, stattdessen sieht er an mir vorbei und betrachtet Grenouille, der wie ein Tier über dem leblosen Mädchenkörper auf dem Marktplatz kauert.

»Vampirfilm?«, fragt er und ich brumme zustimmend.

»Ich fand den ersten *Twilight* schon doof.«

Hey, der Mann ist in Gesprächslaune.

»Wer nicht?«, antworte ich. »Ganz echt, würdest du mit vierhundert noch in die High School gehen? Völlig beknackte Grundidee.«

»Der hier ist besser«, kommentiert er die nackte Brust von Karoline Herfurth auf meinem Bildschirm. »Ist das der neue?«

Ich schließe die Anwendung und lasse seine Frage unbeantwortet.

»Was geht ab? Was machen wir?«

Wir spielen Vampir. Allerdings nicht den blassen und trübseligen Käse aus den Twilight-Streifen, sondern die satte, überbordende Lebenslust, die sich in Anne Rices Lestat manifestiert. Anstelle von Jungfrauenblut nehmen wir (vorerst) Glühwein, als Ersatz für New Orleans muss der Weihnachtsmarkt herhalten.

Besagter Markt ist am gegenüberliegenden Ufer. Von meinem Fenster aus kann ich die Lichter sehen und sogar die großen Zuckerwatten erkennen. Von Hitlers Zimmer aus geht das ebenfalls, trotzdem hat Eva ihren Adolf neulich gefragt, wo der Markt dieses Jahr stattfände. Anscheinend schafft sie es nicht mal mehr, zum Fenster zu rollen. Tragisch. Wenn wir eine Schnur an ihren Fuß binden würden, könnten wir sie als Riesenballon verkaufen. Wir müssten sie nur vorher ins Geäst des Baumes vor dem Fenster hängen. Reizvoll ist auch der Gedanke, sie als Piñata freizugeben. Darauf trinken wir noch einen. Langsam bilden sich erste rote Flecken auf unseren Wangen und sie passen exzellent zur weißen Schminke die sich beim Marèchal, weil wir erst gut angeheitert mit dem Schminken angefangen haben, vor allem auf Stirn und Nasenrücken konzentriert und ein wenig dicker geraten ist, als vom Hersteller vorgesehen. Ich hoffe, ich sehe besser aus. Auf der anderen Seite unterstützen die Flecken unser Vorhaben, furchteinflößend und gleichzeitig interessant zu wirken.

Der Marèchal probiert als klassischen Umhang ein dunkles Handtuch aus, sieht damit aber aus wie Supermann auf dem Weg zu einem Kindergeburtstag. Leider hat er keinen Mantel, und so geht er als Parka-Vampir, während ich immerhin einen dunkelblauen Mantel vorweisen kann, der mir drei Nummern zu groß ist, weil ich ihn vor einigen Jahren auf einer Hochzeit vertauscht habe. Trotzdem – immerhin ein Mantel. Ich frage mich, ob der ursprüngliche Eigentümer meinen auch noch trägt.

Weil der Glühwein uns verlangsamt, wirkt die Welt um uns herum wie auf Speed. Karusselllichter wirbeln in Kreisen, kreischende Kinder auf Schultern vollführen Theaterstücke, die wir nicht begreifen. Die Menschen schieben in alle Richtungen, blicken in alle Richtungen, reden in alle Richtungen, niemand hat die Zeit, uns und unsere Verkleidung wahrzunehmen. Wir sind wie der Grinch außerhalb von Amerika. Darauf noch einen Glühwein. Je betrunkener wir werden, desto mehr wird der gewürzte Alkohol in meinem Mund zu einer Speise. Er wird zu Fleisch, zu Lebkuchen, zu Honig. Zu einem anderen Mund.

Als der Mund meinen Mund verlässt, blicke ich in das Gesicht von Sveta.

Das muss ein Film sein. Ihr Bild hinterlässt einen scharfen Geschmack auf meinen Lippen, Wodka, natürlich. Ihr Gesicht tanzt auf dem Meer aus Schultern, treibt wie Gut von mir weg. Ich versuche ihr hinterher zu schwimmen, aber ich komme nicht von der Stelle. Es ist ein Traum, ich schreie, ohne einen Ton von mir zu geben, bis ich merke, dass da doch ein Ton ist und der Grund, dass ich nicht vorwärts komme, eine Hand auf meiner Schulter. Die Hand zerrt mich zu einem anderen Gesicht, das ziemlich schlecht geschminkt ist. Der Parka-Vampir. Den kenne ich.

Er redet ohne Ton auf mich ein und um ihn herum wogen die Mäntel wie Wellen, die an einem Kliff lecken.

Das Kliff packt mich fester und zerrt mich aus dem Wasser. An Land galoppieren die Pferde und auf ihnen sitzen die Kinder wie auf den Schultern von Riesen. Sie sind zu schnell, als dass ich sie einholen könnte, dabei würde ich auch so gerne reiten.

»Du hast total den Verstand verloren!«

Das ist der Parka-Vampir. Er hat mich mit beiden Händen am Mantelsaum gegriffen und schüttelt mich. Sehr ungewohnt für den sonst so kargen Österreicher. Er bewegt sich so schnell, dass es mir vorkommt, als habe er einen dritten Arm, mit dem er zurück aufs Meer weist.

Die Worte »'arry« und »Waffe« fallen mehrere Male in gemeinsamen Sätzen, aber sie fallen auch durch das Begriffsraster in meinem Hirn. Ihnen hinterher folgt irgendwann das Gesicht des Marèchals. Nur die Pferde bleiben und mit ihnen der Wunsch, auf ihnen zu reiten.

Als die Pferde irgendwann stehen bleiben, erlöschen die Lichter, die ihnen Leben gegeben haben und eine mir dieses Mal unbekannte Hand führt mich aus diesem Wunderland. Als ich wieder weiß, wo ich mich befinde, sehe ich mein eigenes Gesicht auf dem Grund der Kloschüssel.

Der Kater am nächsten Tag ist furchtbar. Ich könnte das Tragen einer Sonnenbrille mit dem aufdringlichen Weiß meines Arbeitsplatzes rechtfertigen, aber ich kann Marion nichts weiß machen.

Den ganzen Tag über bewege ich mich möglichst langsam und lautlos. Langsam, weil sonst die Welt auseinanderfällt und lautlos, weil in der Stille dann niemand bemerkt, dass ich nur äußerst vorsichtig gerade laufen kann.

Allerdings, wenn ich mich so umschaue, ist diese Sorge wohl unbegründet.

Die Menschen vegetieren in einer Art Vorstufe zum Winterschlaf. Statt – wie sonst – ungeduldig zu Wippen und zum Zeitvertreib zu nerven, sitzen unsere Gäste apathisch im Wartebereich und schielen unbewusst nach den Nüssen auf dem Tisch mit den Zeitschriften. Genauso ist die eigentliche Behandlung in den meisten Fällen nicht mehr wie die eines gestrandeten Seetieres, sondern wie die eines gestrandeten Seetieres, für das es bereits zu spät ist; statt Smalltalk vernimmt man ab und zu einen Seufzer oder ein zartes Röcheln, ansonsten könnte auf der Liege auch eine neue Insel gewachsen sein, dicker werden die Menschen im Herbst sowieso.

Es sind diese Tage, in denen es nicht so schlimm ist, Sybille zu behandeln. Sie ist zu einer Insel unter vielen geworden, ein wenig größer als die anderen, aber doch nicht mehr allein auf weiter See. Nach ihrem kurzen Ausbruch hatte ich schwere Bedenken, ob ich diesbezüglich etwas unternehmen sollte und wie wohl die nächste Behandlung laufen würde, aber als sie zum folgenden Termin erschien, erwähnte sie selbst den Vorfall mit keinem Wort und ich muss auch irgendwie vergessen haben, nachzufragen. Da Sybille bis auf die zarten Wellen, in die jede Bewegung ihr Körperfett versetzt, sowieso immer leblos wirkt, ist sie diesen Winter sozusagen wie immer. Fett eben. Fett und weiß. Ich stelle mir vor, wie Hitler sich vorstellt, wie er ihren gigantischen weißen Leib zu einem Quarkauflauf verarbeitet. Quarkauflauf mit Lebertran, also Walfett. Wie das wohl schmeckt? Im Notfall kann man ja Nutella drauf machen. Das ist das Gute an Nutella: Egal, wo man das Zeug drauf schmiert, es schmeckt dann immer nach

Nutella. Und wenn man das mit jedem Essen macht, ist man irgendwann Sybille. Allerdings, und das ist ebenfalls bemerkenswert, Sybille ist zurzeit auffällig ... weniger monumental. Das ist mir schon das letzte Mal aufgefallen. Macht sie etwa Diät? Ich trete einen Schritt zurück und versuche etwas zu erkennen, aber bei der formlosen weißen Masse ist das ziemlich aussichtslos. Was machen schon zehn oder fünfzehn Kilo aus bei so einem Koloss? Ich überlege, ob ich sie darauf ansprechen soll, entschließe mich aber dagegen.

Es passiert jedoch, dass Sybille beim Aufstehen plötzlich ihren kleinen Kopf dreht und mir direkt in die Augen sieht. Ertappt. Mist. Ich war unverkennbar dabei, ihren Körper zu taxieren. Ich könnte mich rausreden und sagen, ich hätte einen Fuß oder eine Hand in ihr wühlen sehen, ob sie vielleicht auf dem Herweg aus Versehen jemanden verschluckt hat, aber ich lasse es. Sy-wal und ich halten für eine Sekunde Blickkontakt, dann glimmt ein leiser Funken Selbstzufriedenheit in ihren Schweinsäuglein auf und sie nickt und wendet sich ab. Ich fühle mich erwischt aber auch irgendwie stolz. Stolz auf sie und stolz auf mich, denn wenn es nicht unter anderem mein Verdienst ist, dass sie nun so etwas wie Körperbewusstsein entwickelt, wessen dann? »Gut so, mach weiter so!«, denke ich und freue mich aufrichtig. Ich bin der Letzte, der nicht will, dass sie abnimmt. Wegen mir kann sie sogar ganz verschwinden.

Wenn man so etwas Schweres wie Sybille hinter sich hat, ist das wie nach einer Bergbesteigung. Reinhold Messner hat einmal gesagt, dass der beste Moment nicht der ist, wenn man oben auf dem Gipfel steht, denn man befindet sich ja in einer extrem lebensfeindlichen Umgebung. Das Schönste ist, so sagt er, das Zurückkommen ins Tal, wenn der Weg wieder von Wiesen und Bienen gesäumt ist und man das Gefühl hat, ins Leben zurückzukehren.

So geht es mir nach diesem Tag, als ich auf dem Heimweg bin. Der Schnee tanzt in lebhaften Flocken durch die Lichtkegel der Straßenlaternen und ich stelle mir vor, wie die vielen kleinen Kristalle in Nicoles Haaren landen und sie schmücken wie einen Swarovski-Weihnachtsbaum.

Nach jemandem wie Sybille ist Nicole immer noch mal schöner, so wie ein warmes Becken nach einer Eisdusche nach einem Saunagang.

Vor Romantik wird mir warm ums Herz, doch als ich die Hauptstraße mit den Lichtern verlasse und durch das Labyrinth der kleinen Gassen gehe, kommt ein grauer Wind auf und zerrt an dieser Wärme wie ein hungriges Tier an Aas. Ich ziehe meine Jacke fester an den Körper, aber der Odem aus der Tiefe der Dunkelheit trägt Nicoles Bild in mir ab wie Wüstenwind ein Bild aus Sand.

Die Kälte kriecht mit jedem Schritt unter meine Kleider, es ist wie eine Belagerung von allen Seiten und die Armeen des Ostens und des Westens haben sich in meinem Inneren längst die Hand gegeben, als ich die Haustüre zum Hitlerbunker erreiche.

Drinnen öffnet sich düster der lange Gang am Restaurant vorbei zur zweiten Tür ins Treppenhaus. Die Lampen gehen wieder nicht. Auch die Wärme bröckelt noch vom Mantel ab wie Staub, wenn man ihn abklopft. Steife Schritte bringen mich torkelnd voran, ich zittere so arg, dass ich wie eine Flipperkugel zwischen den engen Wänden hin und her geworfen werde, als ich auf etwas Weiches pralle. Dieses Gesicht …

Die Bilder der vergangenen Nacht mischen sich in den dunklen Hintergrund. Der Parka-Vampir, das wogende Meer, Svetas Gesicht, das auf den Wellenkämmen tanzt.

Ich weiß nicht, wie meine steifen Arme sich so um sie gewickelt haben können, wie sie es jetzt gerade sind. In der Ecke, wo der Getränkekasten steht, der als Keil für die Zwischentür dient, stehen Sveta und ich eng umschlungen wie ein Riesenkrake und ein Seemann mit Harpune auf einer alten Zeichnung. Ich bin der Krake und statt einer Harpune hat Sveta den Telefonknochen des Restaurants in der Hand und schlägt damit zu. Ein gezielter Schlag auf meine Schläfe und ich bin wieder alleine im dunklen Gang, durch den jetzt bunte Ringe tanzen. Als Knochen und Knochen sich trafen hat es komisch geknackt und wenn es das Telefon war, ist Sveta jetzt in Erklärungsnot. Na ja, besser 'arry schießt auf sie als auf mich.

'arry hat eine Waffe, sagt er, und er hat auch schon Gebrauch von ihr gemacht, sagt er, sagt der Marèchal. Deswegen war das ein extrem ungeschickter Move, mit Sveta auf dem Weihnachtsmeer baden zu gehen, auch wenn ich mich nicht daran erinnern kann, wie es dazu gekommen ist. Ein Argument, das 'arry sicherlich nicht allzu lange von einem erneuten Gebrauch seiner Feuerwaffe abhalten würde, denn gereizt ist er bereits und seine anderen Waffen sind ebenfalls in ständiger Benutzung, auch wenn sie sich in erster Linie gegen die Bewohner des Zimmers neben mir richten.

'arrys Fernseher ist nämlich das Einzige, was im Haus nicht stiller wird und bewirkt, dass auch Hitler nicht wirklich zur Ruhe kommt.

Hitler wiederum beschäftigt den Rest der Welt (eine weitere Parallele zum Original). Er ist mittlerweile Telefonstammkunde beim Ordnungsamt und brachte bisher nacheinander in Erfahrung, dass 'arry für seine Live-Acts, die manchmal seine Restaurantgäste akustisch belästigen, gar keine Genehmigung hat, ebenso wenig wie für Gastbetrieb nach ein Uhr morgens, die Zeit, in der der kleine Franzose zu Hochform aufläuft, weil stockbesoffen. Ich sehe Hitler oft nervös um diese Zeit mit seinem Funktelefonhörer in der Hand einen kleinen Kreis in der Küche laufen und weiß, er wägt das Für und Wider eines Anrufs bei der Polizei ab, um 'arry endlich auch mal eins auszuwischen. Aber es bleibt bei der Grübelei.

Das schlägt natürlich alles auf sein Gemüt, und in dieser Zeit von der Dachaktion anzufangen, ist aussichtslos, denn Hitler hat keinen Kopf dafür.

Wenigstens putzt er durch die Hin- und Herlauferei regelmäßig die Küche, denn im Winter trägt er seine Haare immer offen und um den Körper gelegt, um sich zu wärmen. Ob er noch Kleidung darunter hat, weiß ich nicht, will ich aber auch gar nicht wissen. Möglicherweise wachsen ja auch gar nicht alle Haare, die über den Boden schleifen, auf seinem Kopf.

Nach dem Vampirausflug bringt der Winter ein neues Phänomen, das wir bis jetzt nicht kannten: Wir schließen unsere Türen.

Bisher waren die Zimmertüren, außer nachts, immer offen gewesen. Die Gerüche und Geräusche aus den einzelnen Räumen hatten sich im Flur gemischt und dort Stehpartys veranstaltet. Niemand hatte sich am Lärm eines Mitbewohners gestört, zumindest so lange keiner tagsüber schlief – der einzige Grund für eine geschlossene Tür bei Tageslicht – und selbst daran hatten sich nicht alle gehalten. Der Marèchal im Speziellen liegt gerne bei geöffneter Tür unter einem Berg von Decken und erschreckt Zimmerbesucher, die sein Fenster für eine allgemeine Lüftung öffnen wollten, durch plötzliche Bewegungen.

Das einzige Zimmer, das aus den bekannten Gründen nicht einsehbar war, war das der Hitlers. Angefangen hat ausgerechnet der Marèchal. Vielleicht will er sich nicht mehr selbst erschrecken, wenn er andere erschreckt, die gar nicht in sein Zimmer gehören. Vielleicht ist es 'arrys Waffe, vielleicht artverwandte Filme von dem, den er auf meinem Bildschirm gesehen und für einen Vampirfilm gehalten hat. So oder so hat Österreich als erstes die Schotten dicht gemacht.

Der Mok ist gleich auf den Zug mit den geschlossenen Türen aufgesprungen und ich habe das Gefühl, dass er schon lange auf einen Grund gewartet hat, denn für uns ist er der einzige Fremde, für ihn sind wir alle Fremde und er ist nicht in der Lage, das zu ändern.

Hitlers Tür, die bisher sowieso immer nur einen Spalt offen war, ist jetzt ebenfalls immer zu. Eva liegt vor die Tür gerollt als Sperre dahinter und ich schließe meine Tür jetzt auch. Ein seltsames Gefühl. Jetzt sind wir wirklich Mitbewohner und nicht mehr eine große Familie. Vielleicht sollten wir Nummern an die Türen schrauben und statt die Miete zu überweisen auf die monatliche Rechnungen warten. Auf das Kopfkissen gelegt mit einem Täfelchen Pfefferminzschokolade daneben. Für den Mok mit einer kleinen Miniklobürste. Mit Teleskopstange. Und Zielfernrohr.

Würde ich wohlwollend denken, würde ich sagen, die Fronten wurden geschlossen, aber faktisch ist das nicht der Fall. Erst Grenzen machen Fronten möglich und Türen sind deutliche Grenzen. Das einzig Schöne: Jeder von uns dekoriert sie in einer anderen Form. Hitler zum Beispiel hat sich Sperrband mit aufgedrucktem Stacheldraht besorgt und damit liebevoll seine Tür von oben bis unten bepflastert, ausgenommen die kleine Stelle, an der das *Sperrgrenze: Sie werden angehalten, alle Waffen abzulegen!*-Schild prangt.

An meiner Tür klebt ein handgemaltes Bild, das ein kleines Männchen auf einer Miniinsel von hinten zeigt, das die Hände vor einem sehr bunten Regenbogen in die Luft streckt und auf dem Regenbogen steht: Amsterdam. Hat mir eine Ex-Freundin geschenkt, weiß nicht warum.

Des Marèchals Tür ziert eine rot-weiß-rote Fahne, und es ist weder die von Japan noch die der Schweiz.

Die Küchentür haben wir aus Platzgründen ausgehängt, daher gilt der Koch- und Essbereich als neutrale Zone. Die Badtür steht noch, ich glaube, wir rechnen die Schüssel als Niemandsland oder Türkei, das mit der Türkei war allerdings Hitlers Idee, denn seiner Ansicht nach kann da niemand mehr leben, die seien ja alle hier.

Der Mok hat keine großen kreativen Beiträge geleistet, daher habe ich mir erlaubt, beim Baumarkt ein Beizmittel zu kaufen und große Teile seiner Tür damit zu bearbeiten, damit die übrig gebliebenen ein bisschen dunkler wirken und deutlich hervorstechen. Ja, sieht aus wie Kackspuren.

Die Stille, die unter dem Schneemantel draußen herrscht, hat einen weiteren Effekt: Wir hören die Schritte auf dem Dachboden. Wenn Eva sich nicht bewegt und Hitler nicht herumläuft, weil 'arrys Fernseher gerade aus ist, kann man, wenn man die Luft anhält, ganz deutlich hören, wie jemand im Dachgeschoss herumläuft. Man kann die Schritte gut von denen des Anwalts unterscheiden, denn der

Anwalt läuft schwer und bestimmt, als wäre jeder Schritt ohne Fallen so was wie das Erreichen einer Insel nach dem Schiffbruch. Meiner Meinung nach sollte er sich in seiner Wohnung sicherer bewegen, aber vielleicht ärgert ihn die Putzfrau auch und stellt immer wieder was um, um auch mal was zum Lachen zu haben. Vielleicht ist er ja auch nicht nur blind und taub, sondern auch extrem vergesslich. Jedenfalls erkennt man den Anwalt deutlich und ich habe noch einen weiteren Beweis für meine akustische Beobachtung: Der Boden des Anwalts knarzt nicht. Das Dach dagegen sehr. Wenn es ganz, ganz, ganz still im Haus ist, hört man ein leises Schleifen, dann einen kurzen, abgehackten Auftritt und dann ein Knarzen wie von einer Treppe in einem Film, in dem sich Leute auf einer Treppe befinden, die da gar nicht hingehören oder nicht wollen, dass Leute, die nicht in die Nähe dieser Treppe gehören, mitkriegen, dass die, die in die Nähe gehören, sich auch in der Nähe oder gar darauf befinden. Also kurz: Da läuft jemand, und ich habe auch schon eine Idee, wie wir herausfinden, wer das ist.

»Nee, echt nicht! Was ist, wenn 'arry sie findet und einsteckt und nachher behauptet, sie wäre nie da gewesen? Außerdem nimmt sie nur etwa fünfundvierzig Minuten lang auf, dann ist der Speicher voll.«

»Und, kannst du nicht irgendwie eine Direktübertragung einrichten? Auf deinen PC, meine ich, dann wäre es egal, wenn die Karte irgendwann voll ist. Du komprimierst einfach das Signal, dann kann sie auch tagelang laufen, oder?«

»›Du komprimierst einfach das Signal‹«, äfft er mich nach. »Du sagst das immer so, als wäre das ein Klacks. Aber hast du eine Ahnung wie viel Rechenzeit das benötigt? Ich hab auch noch andere Sachen zu tun. Außerdem brauchen wir dann eine Stromversorgung für die Kamera und die einzige Steckdose in der Nähe ist in 'arrys Küche und jetzt rate mal, was der sagen wird, wenn wir ihn fragen.«

»Aber machbar wäre es, oder?«

»Na ja ...«

»Und wir könnten auch eine Leitung von unserer Wohnung durchs Treppenhaus legen.«

»Ja, aber ...«

»Also ginge es, oder ...«

»Ach ... Teufel, verrrrdammt, es ginge schon ...«

»Aber?«

Aber Hitler hat eigentlich überhaupt keine Lust dazu.

Mein Plan sieht vor, Hitlers Digicam in einer Ecke unter der Treppe im Treppenhaus so zu befestigen und auszurichten, dass man die Fahrstuhltür im Erdgeschoß rund um die Uhr überwachen kann. So könnten wir sehen, wer nachts den Aufzug benutzt und hoch in den vierten Stock fährt. Das nutzt uns faktisch nichts, denn wahrscheinlich kennen wir die Person gar nicht, aber wenigstens hätten wir einen Beweis, dass es kein Geist ist, sondern ein Mensch aus Fleisch und Blut.

Die Erweiterung des Plans sieht vor, dass uns die Kamera, nachdem wir sie auf das Gesichtsraster der Person geeicht haben, sofort anfunkt, wenn sie auf dem Bildschirm erscheint und damit ein schrilles Alarmsystem in Hitlers Zimmer auslöst. Hitler stürzt daraufhin an seinen Computer und legt den Fahrstuhl lahm, eine Vorrichtung, die wir bis dahin ausgetüftelt und installiert haben werden, während der Marèchal und ich aus der Wohnung und die Treppe runter stürzen und die Person abfangen und zur Rede stellen.

Soweit meine Überlegungen. Was wir dann sagen werden, weiß ich noch nicht, aber wahrscheinlich wäre es etwas wie: »Tja, öh, hallo, wir sind die Mieter aus dem ersten Stock (Ablenktaktik). Hach der Aufzug wieder, Mann, Mann, Mann, da hat man es schon mal eilig und dann funktioniert der wieder nicht und die ganzen zwei Stockwerke zu Fuß, puh! ... und ... was machen Sie so beruflich?«

Oder so. Aber als ich mit leuchtenden Augen von der Aufzugmanipulation anfange, wischt Hitler einfach den Flur weiter und verschwindet dann in seinem Zimmer. Spielverderber. Was hat der nur? Seit Beginn des Winters ist jede Spannkraft aus seinen Haaren verschwunden. Wir sehen ihn kaum noch, nur an den herumliegenden Haaren kann man bestimmen, wo er sich tagsüber in der Wohnung aufgehalten hat und wenn er früher manchmal wortkarg war, dann ist er das jetzt dauernd. Vielleicht isst Eva ihm ja wirklich das Essen weg oder das Ende der Quark-Ära hat ihn härter getroffen als vermutet. Ich würde mit ihm ja mal drüber reden, aber er redet nicht.

Ich versuche es stattdessen mit einem Gespräch mit dem Marèchal, aber der redet ja von Natur aus wenig. Es ist zum Aus-der Haut-fahren. Winter und keiner da zum Reden.

Ich ziehe mich in mein Zimmer zurück, zu unsichtbaren Freunden. Sie wohnen in Handtüchern und Kleidungsstücken. Im Grunde ist es Nicoles Schuld. Ihr Geruch und das Fehlen desselben machen mich manchmal wahnsinnig. Wenn ich sie einen Tag nicht sehe, dann hat dieser Tag keine Farbe, kein Licht, dann brauche ich irgendetwas als Ersatz. Traubensaft für einen Vampir. Nicole ist nicht der einzige Mensch auf der Welt, der gut riecht. Die Menschen, mit und an denen ich arbeite, ziehen sich aus, legen sich hin, liefern sich mir aus. Ich kann auf ihrer Haut eine Linie ziehen wie ein Kokser. Den Duft direkt von der Haut einzuatmen, den körpereigenen Duft, nicht das aufgesprühte Parfum, das ist echte Intimität. Eine Art von Vergewaltigung, bei der das Opfer nichts merkt. Das perfekte Verbrechen.

Es gibt Menschen, die riechen fast wie Nicole und sie lassen immer ein bisschen Duft da, in der Luft, an mir, in den Handtüchern. Manche vergessen etwas, einen Schal, ein Tuch, das gehört dann mir. Handtücher auszutauschen ist kein Problem und falls Marion sich wundert, warum manche auch nach langer Zeit teilweise so aussehen, wie gerade gekauft, dann hat sie es noch nie für so wichtig befunden, es zu erwähnen. Sie ist für die Finanzen im Haus verantwortlich, sie wäre doof, wenn sie fragte.

Zu Hause verpacke ich die Beute in spezielle Plastiksäcke, bei denen ich stets penibel darauf achte, dass sie nicht penetrant nach Kunststoff riechen und den Geruch der Handtücher bewahren. Wenn ich einsam bin, hole ich sie heraus und rieche an ihnen. Ich lege mich auf den Rücken, den Stoff auf mein Gesicht und drifte. Mit der passenden Musik dazu wirken die Stoffe auf mein Gehirn wie Halluzinogene und Farben und Bilder tanzen darin einen wilden Reigen, der spannender und intensiver ist, als jeder noch so gut gemachte Film.

Geil.

Manchmal wünschte ich, ich wäre so genial und skrupellos wie Grenouille.

Die Grundidee des Parfums von Patrick Süskind ist eine faszinierende, wenn auch nur aus der Sicht seines Protagonisten verständliche. Grenouille sehnt sich nach Anerkennung. Bei mir ist das anders. Ich würde den Duft der

Frauen destillieren, um ihren Duft immer bei mir zu haben, für mich. Nicht für die anderen.

Das berauschendste Elixier, das der Körper produzieren kann, die einzigartige Substanz des menschlichen Körpers. Endorphine, Adrenalin, Serotonin sind neutrale Drogen. Ihr Effekt mag von Person zu Person variieren, aber ihr Gesicht ist immer dasselbe. Der Duft unterscheidet sich. Es ist die Droge aller Drogen, eine Fast-way-Lösung zur Einheit mit dem Überirdischen, eine subtile, aber greifbare Form der Seele.

Der Geruch eines Menschen und seine Seele sind zwei ätherische Formen desselben Wesens, aber der Geruch lässt sich berühren. Jemandem den Geruch zu stehlen, ist wie ihn zu klonen, ihn immer zu finden, im Dunkeln zu halten und ewig zu binden …

1942

Es ist das Wunder des Frühlings. Die Welt wirft langsam die weiße Decke ab und mit großen Augen staunen Jung und Alt darüber, was darunter zum Vorschein kommt; als hätten Elfen und Zwerge während des Winters unermüdlich geschuftet, umarrangiert, neu dekoriert, und was uns danach präsentiert wird, wird mit genauso großer Vorfreude erwartet wie das neue iPhone. Noch schöner aber ist es, überrascht zu werden.

Hitlerich und Hitlerine waren über Weihnachten weg. Hitler kam alleine zurück, weil Eva noch Verwandtenbesuch absolvierte und einen Teil des Semesters von zu Hause, also von ihren Eltern aus, arbeiten wollte.

Ich vermutete Engpässe auf deutschen Fortbewegungsmodulen, also schlicht gesagt glaubte ich, dass Eva einfach zu fett für Züge und Autos war und den ganzen Weg aus Norddeutschland rollen musste, aber sie hatte ja sowieso nichts zu tun, außer herumzuliegen und zu wachsen, daher verschwendete ich an sie keinen weiteren Gedanken.

Bis es kurz vor Frühling war und ich bei uns in der Wohnung jemandem begegnete, bei dem ich das Gefühl hatte, ihn – oder besser: sie – schon mal irgendwo gesehen zu haben.

Als ich an diesem außergewöhnlich milden Februarmorgen im Multifunktionsflur mit Eva zusammenstoße, nehme ich zuerst pralles, straffes Gewebe wahr und danach, wie nahe ich an ihrem Gesicht bin. Es muss etwas mit ihr passiert sein; vielleicht hat sie sich tief in Schnee eingegraben und Elfen und Wichtel haben an ihr herumgefummelt, -gepimpt und -gesaugt und plötzlich sieht sie wieder wie ein weibliches Wesen aus. Wie ein enorm attraktives weibliches Wesen. Wo sich im Spätherbst, als ich sie das letzte Mal richtig gesehen habe (als sie noch durch die Tür passte und ohne Lastkran in die Küche kommen konnte) dicke Speckrollen, labbrige Falten und mehrere Kinne tummelten, ragen jetzt schlanke, lange und seltsamerweise gut durchgebräunte Beine aus einem für die Jahreszeit viel zu luftigen Rock, der an den richtigen Stellen anliegt und sich an noch viel wichtigeren Stellen ausbeult. Trotz allem ist es nach wie vor Eva. Zum Glück. Sie kommentiert die Kollision mit einem ihr eigenen Grunzgeräusch und verschwindet mit derselben Arroganz, mit der sie seit einem halben Jahr in unserer Wohnung wohnt, ohne Miete zu bezahlen oder sonst Anstalten zu machen, irgendwie zur Gemeinschaft beizutragen, in ihrem Stall. Zimmer.

Doofe Kuh. Ich konnte ihr noch nicht mal ein Kompliment machen. Zum Glück bin ich ein tiefgründiger Mensch, der mehr auf die inneren Werte sieht und ein Arschloch, ein parasitärer Schmarotzer wie Eva, kann noch so geil aussehen, da läuft nichts. Außerdem war da Hitler dran. Alleine die Vorstellung …

Die Plätzchentage brachten wieder das Monster in Hitler zum Vorschein; das Krümelmonster. Hitler krümelte auch vorher schon immer, denn als Pseudo-Öko besteht er darauf, sein eigenes Brot zu backen. »Es liegt am Ofen. Hitler übt«, vermutet der Marèchal, »und weil er durch die Haare ja nichts sieht, lässt er überall seine Krümel herumliegen.« Seitdem es Plätzchen gab, krümelte Hitler unablässig, weil die ganzen Krümel immer in seinem Haar hängen blieben und sich darin offensichtlich fortpflanzen.

Dem Knistern und leisen Krümeln in der Vorweihnachtszeit folgten leise Schmatzgeräusche, als Eva, wie wir uns ausmalten, ihm liebevoll die Krümel aus den Haaren kaute und sich die Haarsträhnen danach durch ihre gierigen Lippen zog, um auch ja jedes kleinste Fitzelchen Zucker und Fett zu verspeisen.

Dieses Bild alleine reicht, da könnte Eva auch nackt hier rumlaufen, ich würde nicht …

Aber Teufel, wie ist die so schnell so schlank geworden?

Vielleicht liegt es an Hitler und seiner fehlenden Aufmerksamkeit, denn Hitler hat ein neues/altes Projekt. Krieg mit 'arry.

Ich erwähnte ja bereits, dass mit dem Quark der ganze Käse von wegen Krieg und so erst richtig angefangen hat. Nachdem der Marèchal und ich Hitler von seinem Ofen und den Quarkaufläufen abbringen konnten, hat sich zunächst einfach nur die Anzahl der Milchtüten in unserem Kühlschrank erhöht und es sind auch einige auf der Außenbank vor dem Küchenfenster aufgetaucht, denn wenn der Winter einen Vorteil hat, dann, dass man ihn zum frischhalten von Lebensmitteln zweckentfremden kann.

Leider haben wir auch Tauben, Mäuse und anderes Getier in Hausnähe und die sind ebenfalls oft große Fans von Fensterbänken, denn zum Beispiel für die Tauben bieten sich diese als Chill-Out-Zone an, wenn sie wieder mal eine unliebsame Begegnung mit der darüber liegenden Fensterscheibe hatten.

Wer auch immer es gewesen ist, ein Teil von Hitlers Milchtüten schaffte es nicht zum Verzehr, sondern nur bis auf 'arrys Terrasse.

In Folge dessen ertüftelte Hitler eine Gegenschlagswaffe *(Wunderwaffe)*, die neben dem Problem mit dem Ungeziefer auch noch ein ganz anderes (aus-)löste: Die Joghurtmaschine des Todes.

Nach dem MP3-Umbau, SS Onar und all den anderen Erfindungen Hitlers, hätten wir anderen eigentlich nicht überrascht sein dürfen, aber wir waren es dennoch, als Hitlers Wahnsinn konkrete Formen annahm.

Bei mir geschah es, als ich in diesem – wie erwähnt sehr milden – Frühling durch das Treppenhaus lief und das Fenster dort von außen zugeschneit war.

Zuerst hatte ich es ignoriert, aber weil es im Treppenhaus immer so still ist, wirkte der Schnee vorm Fenster wie ein Hilferuf, ein Notsignal.

Ich öffnete das Fenster und der *Schnee* schwappte mir als zähflüssige Masse entgegen, die sich auch schnell mit meiner Hose und meinen Schuhen anfreundete.

Im ersten Moment dachte ich an massives Vogelscheiße-Zusammentreffen, einen der unmöglich scheinenden Zufälle, bei denen man denkt: »Wow, das wird so nie wieder passieren«, aber als der Marèchal mir von oben entgegen kam, einen Finger *Schnee* von der Fensterbank nahm und mit dem Kommentar: »Hmm, Zitrone, lecker«, in seinen Mund steckte und durch den Hausflur verschwand, wurde das mit der Vogelscheiße eher unrealistisch.

Noch immer verwirrt betrat ich unsere Wohnung und hörte aus der Küche ein Geräusch, als würde dort ein Hubschrauber landen. »Hitler!«, ging es mir durch den Kopf und wer hätte es auch sonst sein sollen.

Hitler stand am geöffneten (!) Küchenfenster und schoss mit ... ich weiß gar nicht, wie ich es beschreiben soll, er schoss mit irgendwas weißen Schnee auf alles, was sich bewegte oder was gerade in Reichweite war.

Ich stellte mich neben ihn.

»Adolf?«

»Gleich, gleich!«

Wie irre pflasterte er die Welt vor dem Fenster mit weißer Masse zu. Ich begutachtete die *Waffe*, die er benutzte, näher. Natürlich, der Staubsauger. Einmal Russenpanzer, immer Russenpanzer. Hitler hatte ihn augenscheinlich an der Rückseite aufgesägt und so was wie einen Trichter dort befestigt. Der Saugschlauch hing in einem großen Topf, in dem eine milchige Flüssigkeit schwamm und daneben stand, ganz unschuldig tuend, die Joghurtmaschine.

»Hitler?«, fragte ich. »Was machst du da?«

Er knurrte als Antwort: »Ich ändere die Taktik.«

»Wie funktioniert das, was du da machst?«

»Kohlensäure«, antwortete er, offensichtlich schweißgebadet. »Kohlensäure, Zitronensaft, Joghurt, eine kleine Modifikation am Sauger – den Rest macht der Luftdruck. Ha!« Eine offensichtlich blinde Taube hatte sich in den Hinterhof verirrt und wurde erbarmungslos abgeschossen. Ich schaute auf das Schlachtfeld und sah mehrere Vögel zäh und klebrig daliegen. Es sah aus wie die Bilder einer Ölpest, nur in Weiß. Vor unserer Küche herrschte in einem weiten Halbmond Winterwunderland. Irgendwie bizarr schön, unwirklich und ein Versprechen für ganz viel Ärger.

»Meinst du nicht, dass 'arry – sagen wir mal – nicht besonders begeistert sein wird, um nicht zu sagen: stocksauer, wenn du seine Terrasse verwüstest?«, rief ich durch den infernalischen Lärm aus Joghurtbazooka und den Todesschreien verendender Tauben.

Endlich stellte er den Sauger ab, sah mich an, warf dann einen Blick aus dem Fenster und meinte lapidar: »Welche Terrasse? Ich sehe keine.« Sprach's, drehte sich um und verließ die Küche, den Staubsauger über die Schulter gelegt wie ein Maschinengewehr in den Rambofilmen.

Ich blieb am Fenster stehen und schaute noch eine Weile auf die surreale Milch-Winterlandschaft. 'arry würde stinksauer sein. Hitler hätte wenigstens warten können, bis er seine Wäsche abgenommen hatte. Ich schwankte zwischen den Optionen, Hitler einweisen zu lassen und ihn zu bitten, mein Zimmer bunkertauglich umzubauen. Unschlüssig machte ich mir einen Tee und räumte die Fensterbank auf. Als ich durch den Flur in mein Zimmer ging, stand der Staubsauger lauernd an der gleichen Stelle, an der er immer stand und nichts an ihm deutete auf das Massaker hin, das mit ihm angerichtet worden war.

'arry hatte vorerst keine Zeit, sich an uns zu rächen. Mit dem Joghurt und den toten Tauben kamen Ratten und mit den Ratten auch Katzen. 'arry hatte etwa einen halben Tag gebraucht, um den Anschlag zu bemerken, bis dahin war die Joghurtmasse durch jede Ritze der Terrasse und des Anbaus gesickert und alles Putzen half nicht mehr. Die

Wochen darauf mussten wir die Fahrräder durch ein Minenfeld an Mausefallen und chemischen Reinigungssubstanzen steuern und Hitler, der Master of all Evil, dokumentierte mit der Kamera, mit der wir eigentlich den Geist auf dem Dach erwischen wollten, penibel jedes Ungeziefer und jeden Gesundheitsverordnungsverstoß und hatte 'arry und sein Restaurant somit in der Hand.

»Wenn mir was passiert, gehen automatisch E-Mails mit gewissen Videodateien an das Gesundheitsamt, qype und ausgewählte Zeitungen, also passt du besser auf mich auf!«, sagte er, als 'arry mit einer Axt in der Hand bei uns an der Tür stand und man konnte Hitlers Grinsen unter den Haaren förmlich sehen.

Danach hörte man aus der Wohnung unter uns für etwa eine Stunde Geräusche, als zerhacke jemand mit einer Axt sein Mobiliar und danach kam der Vorfall nie wieder zur Sprache.

Am Tag darauf klingelte Sveta und fragte, ob wir auch was für den Sperrmüll hätten.

Frühling in der Branche ist auch so etwas wie Aufatmen und das meine ich ganz wörtlich. Die Leute duschen im Winter weniger und bei manchen heißt weniger gar nicht.

Zum Glück gibt es Handtücher und im Spa sogar noch mehr als anderswo. Während der kalten Jahreszeit nimmt man davon ausgiebig, deckt alles zu, was riecht oder eine Rebellion anzetteln könnte und hofft, dass sich das Leben unter dem Handtuch nicht allzu stark vermehrt. Allerdings verkompliziert viel Material in der Kabine den gesamten Behandlungsvorgang, vor allem, wenn die Person auf der Liege sich umdrehen soll. Dann ist es ein bisschen wie in einem OP (»Knierolle. Kissen. Decke. Handtuch. Sabber.«), alles muss gleichzeitig passieren und es ist niemand da, der einem hilft.

Ich will seit langem einen Kabinensklaven haben; ein kleines Lebewesen, das im Schrank unter dem Waschbecken wohnt. Nationalität, Rasse, Hautfarbe, Geschlecht und Spezies wären mir da übrigens egal, Hauptsache, es ist leise und schnell.

Das Helferlein könnte im Gegenzug die Annehmlichkeiten einer auf Komfort und Wohlbefinden ausgerichteten Einrichtung genießen. Das Waschbecken wäre ihm/ihr Klo und Dusche und was die Gäste an Hautschuppen und Grind verlieren, ist nahrhaft und proteinreich und wenn die Juden es geschafft haben, vierzig Jahre lang mit Manna, das vom Himmel fällt, zu leben, dann könnte es zum Beispiel ein Kind aus Somalia mit dem, was bei mir von der Liege rieselt, ebenfalls.

Als ich Marion einmal an meinen Überlegungen bezüglich Kabinensklaven teilhaben ließ, hielt sich ihr Verständnis allerdings in Grenzen, seitdem erwähne ich es nicht mehr, aber der Wunsch ist noch da.

Ich kann nicht zaubern. Ich bin nicht Nicole. Nicole ist ein magisches Wesen. Ich habe sie noch nie Handtücher rausbringen sehen, ihre Deko liegt immer perfekt und sieht auch immer ein Stückchen neuer, glänzender und sauberer aus, als bei uns anderen. Ich stelle mir vor, dass sie es wie Mary Poppins macht. Sie summt leise vor sich hin, während sie Handtücher und Kissen ausschüttelt und wenn sie sie hinlegt, falten und drapieren sie sich von selbst und sind so blütenrein wie frisch gekauft. Ich frage mich, was passieren würde, wenn sie mich, statt mich immer zu schubsen, einfach bei den Ohren nehmen, ausschütteln und dabei leise singen würde. Vielleicht würde ich dann ein Prinz, der sie von ihrem Bulgaren erlöst. Vielleicht wäre ich danach auch ein Handtuch, aber das wäre mir genug, wenn ich nur in ihrer Kabine liegen dürfte, in der Nähe ihres Duftes.

Der Duft des Frühlings ist sowieso das Allerbeste am ganzen Jahr. Ich glaube nicht, dass ich der Einzige bin, der das so sieht. Die Leute selbst blühen auf, jeder ist gut gelaunt und wer Heuschnupfen hat, sieht noch blühender aus als die, die frei atmen können.

Eva ist so jemand. Seit sie wieder durch die Türen passt, ist sie viel mehr in der Wohnung unterwegs als vorher, das heißt, ich sehe sie öfter. Sie schwillt wieder an und dieses Mal beschränkt sich das Phänomen auf ihren Kopf. Ihr Wangen sind ganz gerötet, ihre Augen groß und feucht und ihr Mund immer halb geöffnet, weil sie sonst keine Luft bekommt.

Wenn sie zwischendurch leise röchelt, geht mir ein kurzer Schauer durch und durch und alleine die Tatsache, dass es Eva ist, hält mich davon ab, mir darum allzu viele Gedanken zu machen.

Außerdem macht sie sich endlich mal nützlich. Eva badet gerne in der Sonne. Die Schwimmbäder sind noch nicht offen. 'arry hat eine Terrasse …

Es gibt in der Tat so etwas wie Frieden im Haus. Hitler und Napoleon setzen sich an den runden Gartentisch und handeln 'arrys Kapitulationsbedingungen aus. Hitler in seiner Größe, soweit ich das danach mitbekomme, weigert sich zwar, offiziell zuzugeben, dass er die Schneesauerei angerichtet hat, verpflichtet sich aber dazu, den kompletten Terrassenbereich mit einer bestimmten Chemikalie zu reinigen und danach neu zu versiegeln. Als Ausgleich dafür, erhält er freien Terrassenzugang zu den Zeiten, wenn 'arry und Sveta im Restaurant sind.

’arry bringt vorsorglich eine Überwachungskamera am Geländer an, damit Hitler nicht auf dumme Gedanken kommt und zufälligerweise überwacht die Kamera vor allem den Bereich, in dem die fast nackte Eva sich tagsüber in der Sonne räkelt.

Die Einzige im Bunde, die in der Folge nicht wirklich glücklich über die Waffenruhe zu sein scheint, ist Sveta.

Dem Rest des Hauses geht es gut. Der Anwalt und der Marèchal gedeihen prächtig vor sich hin, es wird immer wärmer und anscheinend ist ’arry mit der neuen Situation ganz zufrieden, was man daran erkennen kann, dass in letzter Zeit nicht so oft *zufällig* Glasscherben vor und in unseren Fahrradreifen liegen.

Als ich an diesem Abend nach Hause komme, ist niemand da, alle Türen sind offen. Ich gehe in die Küche und mache mir was Kaltes zu trinken. Auf dem Weg von der Küche zu meinem Zimmer höre ich Duschgeräusche aus dem Bad. Ich bin also doch nicht allein. Ich überlege automatisch, wer es sein könnte; als Einzige bleibt Eva übrig. Aus ihrem und Hitlers Zimmer kommt ein ganz schwacher Lichtschein von der Schreibtischlampe, den ich bis eben übersehen hatte. Hitlers Fahrrad ist weg, also bleibt nur Fräulein Braun.

Mein Blick fällt auf das Schlüsselloch der Badtür.

Ein vollkommen irrer Gedanke schießt in meinen Kopf und es läuft mir heiß und kalt den Rücken herunter.

Bei uns steckt ganz altmodisch ein Schlüssel im Schlüsselloch und er steckt immer, denn anders ist die Tür von innen nicht zu verriegeln. Man kann überhaupt nichts sehen. Dann kann ich auch gucken, entscheidet ein anderer Teil von mir, einfach nur, um dem Impuls nachgegeben zu haben. Ganz nach Oscar Wilde.

Ich schaue nach rechts und links den Flur entlang, ob auch wirklich niemand sonst da ist. Alles ruhig. Nur das Plätschern hinter der Badtür und das Radio sind zu hören. Sie kann mich nicht hören, keinesfalls. Trotzdem fühle ich mich wie ein Vierzehnjähriger, der zum ersten Mal seine Nachbarin von gegenüber nackt durchs Zimmer laufen sieht. Mein Herzschlag sollte sich ein wenig beruhigen. Ich rücke das Auge vor den hellen Spalt. Wie vermutet, ich sehe nichts. Wir haben einen weißen Duschvorhang und das Bad ist ebenfalls weiß gekachelt. Es ist einfach nur verschwommenes Weiß. Alles safe.

Dann schwebt sie plötzlich vor mir, in knapp einem Meter Entfernung. Klar und deutlich zu erkennen. Jedes einzelne Härchen. Die Herrscherin der Welt. Das goldene Dreieck mit der Falte in der Mitte. Scheiße. Mir wird heiß und kalt zugleich, aber ich kann nicht wegsehen. Minutenlang sehe ich dem nackten Torso dabei zu, wie er sich dreht, einseift, abspült, wie eine Hand aus dem Nichts Stellen abrubbelt, die genauso gut auf dem Mond sein könnten.

Dieser Moment besiegelt einen Prozess, der schon lange begonnen hat und den ich vielleicht bis jetzt leugnen konnte, und setzt einen neuen in Gang. Eva ist nicht mehr nur das nervige und ein bisschen degenerierte Anhängsel von Hitler. Ich will sie, mit jeder Faser, mit Haut und Haaren. Eva ficken und sterben.

Schweißgebadet schließe ich leise die Tür zu meinem Zimmer, als wäre ich ein Einbrecher. Sie kann mich nicht gehört haben, denke ich. Das Wasserrauschen, das Boilerrauschen, das Radiorauschen, das weiße Rauschen in ihrem Kopf – alles zusammen muss lauter gewesen sein als ich. Und mich gesehen haben … – es steckt ja ein Schlüssel von innen. Vollkommen unmöglich!

Die Angst, erwischt zu werden oder immer noch am Loch zu hängen, wenn sie da drin fertig ist, diese Angst war schließlich stärker als der Trieb, aber ich kann durch meine Tür hören, dass sie immer noch duscht. Ob ich noch mal hingehe? Das wäre Wahnsinn, Selbstmord sozusagen. Aber dieser Anblick! Außerdem konnte man ihre Brüste nicht sehen, dafür war das Loch dann doch zu eng; Brüste, die ich schon in der Hand hatte und deren Anblick mir auch von meinen Händen bisher verwehrt wurde. In mir ringen Teufel und Verderbtheit und als die Verderbtheit mich so weit hat, dass ich meine Türklinke herunterdrücke, um noch einmal rauszugehen, verstummt abrupt das Geräusch der Dusche. Mein Herz rutscht augenblicklich einen Stock tiefer. Reflexartig lasse ich die Klinke mit einem lauten ›Schnack‹ nach oben schnellen und springe hinter meinen Schrank. Es ist lächerlich. Ich bin lächerlich und eigentlich viel zu alt für das, was gerade passiert. Mir geht die Pumpe und Schweiß rinnt in dicken Bächen über Stirn, Nacken und Rücken. Mit angehaltenem Atem warte ich, dass sie aus dem Bad herauskommt. Aber sie kommt nicht. Verdammt, was macht sie da so lange? Ruft sie womöglich die Polizei? Ob sie ein Handy mit zum Duschen nimmt? Man weiß ja nie, ob nicht hinter dem Vorhang ein Triebtäter lauert. Oder vorm Schlüsselloch … Andererseits ist sie Hitlers Freundin; Hitler würde es mit Sicherheit hinbekommen, aus dem kleinen Transistorradio im Bad ein funktionierendes Funkgerät zu basteln. Ich überlege, ob sie wohl gerade aus dem Fenster klettert und es sich lohnen würde, das Ganze vom Treppenhaus aus zu beobachten und zu filmen, entscheide mich aber dagegen.

Möglicherweise ist ihr etwas passiert, denke ich. Vielleicht braucht sie mich; ich sollte die Tür aufbrechen und

… bevor ich diesen Gedanken zu Ende denken kann, ertönt das charakteristische Rütteln der Unfähigkeit, die etwas klemmende Badtür angemessen zu bedienen. Sie kommt. Ich schaue auf die Uhr. Die Zeit zwischen dem Ende des Wasserrauschens und jetzt kommt mir rückblickend wie eine Ewigkeit vor, aber es waren gerade mal 22 Minuten – für Eva eine völlig normale Zeit. Anders als einem doch nennenswerten Teil der Menschheit, sind ihr der Begriff *Rücksicht* und dessen Bedeutung vollkommen fremd und hat sie kein Problem damit, auch zu Stoßzeiten (morgens vor der Arbeit, abends, wenn alle vom Sport kommen) das Bad alleine zwei Stunden zu blockieren. Ich lausche angestrengt dem Geräusch ihrer Schritte. Sie kommen mir schwerer vor als sonst. Vielleicht trägt sie Stiefel mit Stahlkappen. Aber wo soll sie die her haben? Ein Königreich für einen klaren Gedanken! Während ich noch diverse Stiefelverstecke im Bad erörtere, läuft Eva an meinem Zimmer vorbei, in ihres und Hitlers und schließt die Tür. Sie hat nichts gemerkt. Alles normal. Die Anspannung löst sich langsam. Trotzdem verharre ich regungslos hinter dem Schrank, bis von nebenan Musikgeräusche kommen und sie sich offensichtlich anzieht. Auf Zehenspitzen schleiche ich aus meinem Zimmer zurück zur Eingangstür, öffne auch sie vollkommen lautlos und lasse sie dann übertrieben laut zufallen. Genauso laut stampfe ich in mein Zimmer und sage: »Ahh, endlich zu Hause«, in die völlige Abwesenheit von anderen Menschen, nur damit Eva den Eindruck bekommt, ich wäre gerade erst gekommen. Wie bescheuert kann man eigentlich sein? Halb warte ich darauf, dass sie gleich rüber kommt und sagt: »Paul! Endlich Feierabend? Lass uns ein Bier trinken!«, aber natürlich passiert das nicht. Es würde Eva nicht mal kratzen, wenn ich gar nicht nach Hause käme. Sie würde es vermutlich nicht mal bemerken und nur irgendwann von Hitler erzählt bekommen. Wahrscheinlich würde sie fragen: »Paul? Welcher war noch mal Paul?«, oder irgend so was.

Scheiße, ich bin am Arsch.

Danach wird es beständig schlimmer. Um mein Leiden an diesem Tag noch zu steigern, höre ich Hitler und Eva nebenan vögeln. Das ist nichts Ungewöhnliches, aber bis heute war es mir egal. Einfach die Musik ein bisschen lauter gedreht und gut is. Jetzt geht das nicht mehr. Die kurzen, abgehackten, vogelartigen Laute aus ihrem Mund kommen mir vor wie süßer Honig. In der Folge presse ich meine Ohren abwechselnd gegen die Gipswand zwischen unseren Zimmern und versuche an ihrem Stöhnen herauszuhören, in welcher Stellung es die beiden gerade treiben. Ich komme zu keinem Ergebnis. Frustriert schmeiße ich mich auf mein Bett und starre an die Decke. Onanieren hilft in so einem Fall nicht. Außer einem hohlen Gefühl danach zeigt sich keine nennenswerte Wirkung. Ich höre das Gerüttel nebenan und jeder Ton bohrt sich tief in meine Eingeweide. Ich überlege, mich raus und an ihre Tür zu schleichen, aber die alten Holzdielen quietschen entsetzlich, das würden die beiden sogar mitten im Akt mitkriegen. Außerdem sind die anderen inzwischen alle da. Wie sollte ich dem Marèchal erklären, was ich in Kauerstellung vor der Tür zu Hitlers Hauptquartier zu suchen habe? Und dem Mok erst?

Mein Blick wandert an der Mauer entlang, in die Winkel und an die Stellen, wo Decke und Wand und Wand und Außenwand sich treffen. Ich durchforste mein Gehirn nach Wissen über Mikro- und Stabkameras und suche gleichzeitig nach einem kleinen Spalt, einem winzigen nur, um etwas hindurch zu schieben und auch Honig für meine Augen zu finden.

Gott, ich bin eine Schande.

Seit dem Schlüssellochvorfall schlafe ich nicht mehr ruhig. Also noch weniger als vorher. Unsere Wohnung ist kein Ort zum Schlafen. Straße, Restaurant, im Kreis laufender Führer … im Sommer, wenn alles aufatmet und nach draußen strömt, sehnen wir den Winter herbei, damit die Betrunkenen aus den nahen Kneipen möglichst umgehend wieder nach drinnen strömen und nicht unter unseren Fenstern durch schiefen, lauten Gesang ihrer Lebensfreude Ausdruck verleihen. Eisregen ist plötzlich sehr beliebt geworden bei uns Bewohnern. Bei Eisregen rennen die Nachtschwärmer. Tagsüber fünfundzwanzig Grad und danach Eisregen, das wär's. Eisregen muss es auch für mich tun. Auch damit das Geräusch von der Dusche alleine mich nicht in den Wahnsinn treibt. Eiskaltes Wasser, in Mengen, immer wieder, auch tief in der Nacht, wenn es sein muss. Hauptsache, die Leidenschaft verbrennt mich nicht von innen. Eis und schlafen. Vielleicht kann ich mich durch die Eisduschen ewig jung halten. Ich könnte blass und durchsichtig werden, wie eine Skulptur, mich in ein Museum setzen, einen stillen Ort, und die Menschen würden auf mich zeigen und jedem erzählen, dass unter der glitzernden Schicht noch etwas Leben da ist, das aus dem einzigen Grund existiert, damit es leidet.

Und die ganze Zeit über würde ich schlafen und träumen … Eva.

Sybille. Ein Name – ein Verbrechen. Wäre ich Bundespräsident oder Diktator, ich würde den bloßen Akt, einem Kind so einen Namen zu geben, bestrafen lassen. Sybille. Das klingt irgendwie nach Insekt. Wahrscheinlich wegen der klanglichen Nähe zu Libelle. Libellen sind keine schönen Insekten, eine Spezies, die sowieso nicht durch ihr Äußeres glänzt, auch wenn das Äußere das manchmal tut. Es sei denn, es sind viele schwarze und borstige Haare darauf. Darin ähneln sie zu einem Teil den Menschen. Gerade, wenn ein weiblicher Mensch durch dichte, schwarze und borstige Körperbehaarung abstößt – kein schönes Schicksal. So einen Menschen könnte man dann auch Sybille nennen, das wäre allerhöchstens wie Nachtreten, wenn schon ein Auto drüber gefahren ist.

Jedenfalls haben Sybilles es nicht besonders leicht im Leben.

Meine Sybille ist ebenfalls kein leichtes Schicksal, wie schon erwähnt, eher Schwerstarbeit. Da hilft es auch nicht, dass sie sich über den Winter anscheinend von drei Tonnen auf zweieinhalb heruntergehungert hat, sie ist immer noch fett. Wenigstens wächst an ihrem Körper kein borstiges, schwarzes Haar, vielleicht hat sie es aber auch abgeknabbert.

Dennoch, mittlerweile kann man beim Laufen ihre Füße sehen. Sie läuft tatsächlich selbst und es versteckt sich keine motorisierte Plattform unter ihrem Bauch. Und jedes Mal wenn sie kommt, strahlt sie ein bisschen mehr über sich selbst, auch wenn das nur jemand sehen kann, der sie schon lange kennt, denn von einem wirklichen Lächeln ist sie noch weit entfernt.

Umso härter trifft es mich, als sie eines Tages anfangen will, mit mir zu reden.

Sie wählt denselben sensiblen Zeitpunkt wie letztes Mal, direkt nach der Behandlung, als ich mir gerade die Hände wasche, ein ungemein verletzlicher Moment für einen Therapeuten, man dreht dem Grauen nur ein paar Sekunden den Rücken zu und schon … »Mhumäh.« Ich erstarre. Hinter mir hat jemand etwas gesagt. Es gibt nur eine Person außer mir im Raum und durch sie nicht mehr viel Raum an sich, wo sich noch eine zweite aufhalten könnte.

»Und … was machst du so?«

Äh … will die hier jetzt ein Gespräch anfangen? Ich drehe mich um und sehe, dass Sybille tatsächlich mit einem leicht fragenden Blick da sitzt und mit mir reden will.

Vielleicht etwas zu bestimmt sage ich: »Ich arbeite.«

Ihr entgeht der Unterton. »Wie ist deine Arbeit so?«

Gerade anstrengend.

»Ganz okay«, sage ich. »Aber du, ich muss jetzt echt mal weitermachen, mein nächster Gast kommt gleich.«

»Ach so, ja klar, versteh ich.«

Eifrig hüpft sie von der Liege, der Boden bebt ein klein wenig, und hechelnd und mit dieser herzzerreißenden Eilfertigkeit, bei der sich automatisch die mitleidige Hoffnung einstellt, dass der Fall nach der grundlos viel zu enthusiastischen Begeisterung nicht zu hart sein möge, wurschtelt sie sich in ihre Jacke.

Für mich ist eine Behandlung damit erledigt. Ich fange an, die nächste vorzubereiten, wechsele Handtücher, erneuere den Gesichtsschutz, bevor die Gäste den Raum verlassen noch ein kurzes: »Schönen Tag« oder »Bis nächste Woche«, eine Geste bloß, die vorgesehene Form für einen formellen Abschluss. Aber Sybille geht nicht. An der Tür bleibt sie mit den Händen in den Taschen ihrer schrecklich bunten Plastikjacke stehen und schaut mich erwartungsvoll an.

Ich sehe es im Augenwinkel und zögere den Moment, mich wieder umzudrehen, mit Absicht heraus. Langsam beginnt sie zu nerven. Hat sie sonst niemanden, mit dem sie sich unterhalten kann? Dickhäuter sind doch sonst so gesellig. Schließlich ringe ich mir ein Lächeln ins Gesicht und fordere sie mit einem Aufwärtsnicken auf, zu sagen, was sie zu sagen hat. Dann platzt die Bombe.

»Hast du mal Lust, mit mir einen Kaffee trinken zu gehen? Das *Venezia* unten an der Hauptstraße ist toll.«

Obwohl ich sehe, wie viel Mut sie zusammennehmen muss, um mich das zu fragen, obwohl ich weiß, wie verletzlich sie trotz ihrer dicken Hülle ist, kann ich nicht anders und fange an zu lachen. Laut zu lachen.

»Ha, ha, nee, lass mal«, gackere ich mit einem bemüht väterlichen Ton, um den Inhalt der Worte etwas abzuschwächen, aber dennoch schlägt die Absage in ihr Gesicht ein wie ein Asteroid, wenn er ungebremst in einen Planeten rast. Als wäre jede Silbe ein Hochdruckstrahl, kann man ihrem Blut zusehen, wie es Zentimeter um Zentimeter aus ihrem Gesicht gepresst wird. Ihre Lippen pressen sich ebenfalls aufeinander und ausgehend von ihnen sieht es so aus, als wollte sich das ganze Gesicht zu einem kleinen Knoten zusammenziehen, flüchten, raus aus meinem Blickfeld und meiner sie verachtenden Gegenwart.

Mal ehrlich, Kaffeetrinken, ich mit Sybille? Dafür müssen die Absaugpumpen dieser Welt noch eine Menge pumpen. Und selbst dann, ich kenne sie gar nicht, man kann doch nicht einfach einen wildfremden Menschen so was fragen, wo kommen wir denn da hin, wenn das alle machen? Und dazu im *Venezia*, schmierige Italo-Türken, die fades Packungseis und billigen Kaffee servieren. Fangstelle für Teenies und andere Leute ohne Geschmack, Stadttouristen, Tussen, Geschäftsleute, nein, ganz echt, mich zu fragen dahin zu gehen, ist fast schon eine Beleidigung.

Hätte sie einen anderen Ort vorgeschlagen, hätte ich vielleicht sogar ja gesagt, aber so hätte sie damit rechnen können, eine Absage zu bekommen, das ist ja auch gar nicht persönlich, das …

So und so ähnlich rede ich die nächste Stunde meinem schlechten Gewissen zu und frage mich die ganze Zeit, warum ich das mache, denn schließlich bin ich ja im Recht, aus den angegebenen Gründen. Sie hat sich das selbst zuzuschreiben und eigentlich war es wirklich unpassend, mich damit so zu überfallen. Hieb- und stichfeste Argumentation. Trotzdem wiederhole und wiederhole ich mich mir selbst gegenüber und vergesse deswegen sogar, den Gast danach abzurechnen, was mir eine Rüge von Marion einbringt und nun endlich kann ich mich darüber so sehr ärgern, dass die Diskussion über Sybille Stück für Stück in den Hintergrund tritt.

»Sybille ist tot.«

Hat Marion gerade *Sybille ist tot* oder *Guten Morgen* gesagt? Es klang wie: *Sybille ist tot*, aber es war der Tonfall von *Guten Morgen*. Um sicher zu gehen, frage ich geschickt nach: »Guten Morgen, Marion. Wer ist heute tot?« Genial.

»Sybille.«

Oh. Das kommt in etwa so überraschend wie Sybilles Annäherungsversuch gestern. In der Folge stellt sich ein stumpfes Gefühl in mir ein. Ich fühle seltsamerweise gar nichts, außer einer Leere in der unteren Bauchgegend. Irgendwie ironisch, dass mein erstes Empfinden über das Ableben der fettesten Frau, die ich kannte, ausgerechnet dort angesiedelt ist. Früher dachte ich, wenn Sybille eines Tages einmal platzt, dann feiere ich ein Fest und grille.

»Hat sie angerufen oder woher weißt du es?«

Der Spruch bringt mir einen von Marions vernichtendsten Blicken ein.

»Ihre Mutter hat angerufen, um den Termin nächste Woche abzusagen. War Selbstmord.«

Marion redet wieder teilnahmslos zu ihrem Bildschirm als sie mir das alles erzählt, aber ich kenne sie lange genug. Ihre Stimme zittert kaum hörbar, unhörbar für jemanden, der sie nicht kennt. Sie ist also doch verletzlich. Und Sybilles Mutter ein Mensch. Damit wäre eine Hälfte schon mal geklärt.

»Weißt du … weißt du was Genaueres?«

Marion sieht mich zum ersten Mal an, ein bisschen ungläubig. »Nein!«

Ein Nein! wie ein Schnitt von einem Papierschneidegerät.

Ich nicke und verkrümele mich weg von der Rezeption.

Wie bringt sich so jemand um?, frage ich mich durch den Tag hindurch. Erhängen fällt vermutlich aus, schwer, an Spezialseile zu kommen. Kam sie an ihre Handgelenke oder war dafür ihr Bauchumfang zu groß? Ich erinnere mich nicht. Meine Eindrücke von Sybille beschränken sich auf ihren riesengroßen, meistens teilnahmslos durch ihre kleinen, runden Brillengläser glotzenden Kopf und diesen gewaltigen Fleischberg, der mir als ihr Rücken verkauft wurde. Ich weiß nicht mal, wie ihre Hände aussahen. Hatte sie Flossen?

Am Ende vermute ich: Gift. Dann wäre es fraglich, ob es Selbstmord war, denn um so dick zu werden, muss man zwangsläufig alles fressen, was einem in den Weg kommt und da kann man ja schon mal daneben greifen. Außerdem müsste es ein extrem starkes Gift gewesen sein, wenn es in dem sicherlich hochgradig pervertierten Milieu in ihrem Verdauungskosmos überhaupt Schaden anrichten konnte.

Bei jedem Wort, das ich denke, schäme ich mich, dass meine Gedanken so völlig mitleidslos davongaloppieren, kann aber nicht damit aufhören. Vielleicht eine mir eigene Art, darüber hinwegzukommen? Nein, ich glaube, ich bin einfach so. Gestatten: Arschloch. Masseur. Wohnhaft Zuhause bei Hitlers. Da, wo er hingehört.

Egal, was danach sein wird, an diesem Tag stirbt auch etwas in mir. Ich kann nicht genau greifen, was oder warum, auf jeden Fall fühlt es sich an, als würde eine Saite in mir aufhören zu schwingen. Eine Saite, so tief drinnen, dass ich sie nicht neu anschlagen kann. »Nein, es ist eine Tür«, sagt eine leise Stimme in mir. »Und hinter der Tür wohnt dein Gewissen.«

Auch dieser Tag geht irgendwann zu Ende. Marion ist schon weg als ich aussteche und das erspart mir, einen Teil von mir ihr ersparen zu müssen.

Ich grübele auf dem langen Gang, der von der Behandlungszone zur Ausgangstür führt, wie ich mich durch den Tag gegrübelt habe, als sei Grübeln eine Möglichkeit, unangenehme Gefühle abzutragen. Ich bin so versunken, dass ich aus Versehen mit der Schulter eine Wandlampe anrempele und mich förmlich bei ihr entschuldige; doch dann geschieht etwas, das meine Gedanken wegbrennt, wie eine Fünfhundert-Watt-Birne die Schatten in einem kleinen Raum.

Sie kommt in einer Wolke aus Duft und nimmt vor mir feste Form an. Ihre langen Arme schließen sich um meinen Hals und pressen ihren warmen Körper an meinen; zu sterben könnte nicht schöner sein.

Es ist, als würde ich in sie hinein fallen, als würde sie wieder zu einer Wolke und ich mit ihr und wir vermischten uns und alles wäre Wärme und Trost.

Sie ist schon lange weg, als ich bemerke, dass sie mich losgelassen hat. Sie hat kein Wort gesagt, alles, was ein Mensch sagen kann, lag in ihrer Umarmung.

Ich drehe mich um, sehe Nicole nach, wie sie langsam den Gang zurückschwebt, um ihre Schicht zu beenden und frage mich, wie ich jemals wieder mit dem Leben hinter der Tür zurechtkommen soll.

Als ich nach Hause komme, sehe ich gerade noch Evas nackte, schlanke Fesseln und eine Zipfel Handtuch hinter Hitlers Tür verschwinden. Also ist sie gerade fertig mit Duschen, ich kann mir nicht einmal ein kleines Highlight stehlen.

Ich gehe in mein Zimmer und sehe, dass ich aus Versehen gleichzeitig die Heizung an und das Fenster auf gelassen habe und natürlich liegt ein diesbezüglicher Brief von Hitler, der rigoros täglich die Zählerstände kontrolliert, auf meinem Schreibtisch.

Ich werfe ihn ungelesen weg. Spätestens seit dem Waschmaschinenaufkleber sind Hitlers Briefnachrichten für mich hinfällig.

Hitler hatte in einem Wirtschaftsmagazin gelesen, wie man energiesparend wäscht und uns umgehend mit einem DIN A 4-großen, handbeschriebenen, gelben Aufkleber auf der Waschmaschine darüber in Kenntnis gesetzt.

Der Text lautete: »Energiesparen – schon mal drüber nachgedacht? Zum Beispiel mit *Pflegeleicht* oder *Kurz* oder sogar beidem wird die Wäsche auch sauber.« Daneben stand eine Umrechnungstabelle, wie viel Strom man in Prozent bei welcher Schleuderstufe spart.

Generell würde ich mich als Öko sehen, studiert, umweltinteressiert, ich bade gern in uranfreiem Wasser, daher konnte ich über die ziemlich unverschämte Anrede hinwegsehen und freute mich, einen Beitrag mehr leisten zu können.

Der Hohn an der ganzen Sache war, dass ab diesem Tag alle in der WG nach dieser Vorschrift wuschen, mit Ausnahme von Hitler selbst. Hitler wählte weiterhin fleißig das Normalprogramm ohne *Kurz*, das Einzige, woran er sich hielt, war eine niedrige Schleuderzahl.

Das hatte zur Folge, dass seine Wäsche mindestens drei oder vier Tage die Ständer blockierte und Hitler wäre nicht Hitler, wenn er das alles nicht noch gesteigert hätte, denn bei aller umweltschonenden Waschweise hilft es der Umwelt letztendlich am meisten, wenn man einfach wenig wäscht – und das kann Hitler nicht.

Hitler war und ist eine Art Riesenbaby, dessen Klamotten immer frisch sein müssen, daher läuft alleine für ihn und Eva die Maschine fünfmal die Woche, wobei Evas Anteil an der Gesamtmenge verschwindend gering ist. Von Hitler dagegen trocknen jede Woche mehrere Jeans und Pullover im Multifunktionsflur langsam vor sich hin. Es ging teilweise so weit, dass Hitler fremde Wäsche, die noch nicht trocken war, aber ihm einfach im Weg hing, nass zusammen- oder sogar auf den Boden legte, damit Platz für seine war.

Nach mehreren Interventionen konnten wir ihn dazu bewegen, wenigstens einen der zwei vorhandenen Ständer für uns freizulassen. Daraus ergab sich schon lange vor dem Schnee-Fall die groteske Situation, dass Hitler sich 'arrys Angebot aus ganz frühen Tagen, dass wir nämlich gerne tagsüber seine Terrasse und alles darauf Befindliche mitbenutzen könnten, in Erinnerung rief und von da an vormittags fleißig seine Wäsche auf die für Schürzen,

Tischdecken und anderen Restaurantbedarf vorgesehene Wäschespinne auf besagter Terrasse hängte und abends dann wieder mit dem Telefon in der Hand im Kreis laufend mit sich rang, ob er dem Franzosen die Polizei wegen Ruhestörung auf den Hals hetzen sollte.

Hätten Hitler und Napoleon zur gleichen Zeit gelebt und gewirkt, ich bin sicher, die hätten sich besser verstanden, als unsere beiden Ausgaben. Aber momentan kenne ich außer Eva niemanden, der wirklich mit Hitler zurechtkommt. Wenn wir mit ihm reden, nickt er artig und macht dann doch was er will. An der Episode mit dem Zettel konnte man sehen, dass er nicht mal auf sich selbst hört, also gab es irgendwann einen Punkt, an dem ich beschloss, einfach so zu sein wie er, in dem Vertrauen darauf, dass das schon irgendwie gut gehen würde.

Außerdem gibt es subtilere Wege der Rache, als fremde, frische Wäsche mit Absicht mit Bratenfettgestank einzunebeln, wie Sveta das in letzter Zeit hin und wieder gerne macht. Das gäbe sicherlich ein schönes youtube-Video, wie sie aus der Küche kommt, die dampfende und spritzende Pfanne liebevoll unter und neben Hitlers Wäsche hin und her bewegt und dann mit einem gänzlich befriedigten Gesichtsausdruck zurück ins Haus geht. Ich glaube, ich habe Sveta sowieso unterschätzt. Am Anfang wirkte sie wie ein graues Mäuschen, bekam den Mund nicht auf und ließ sich von ’arry hermetisch von uns abschirmen. Seit Kurzem blüht sie aber zusammen mit ihren Blumen auf der Terrasse auf, trägt bunte, enge Kleidung über ihren üppigen Rundungen und die Selbstverständlichkeit, mit der sie Hitlers und Evas Wäsche schändet, hat etwas zutiefst Liebenswertes. Außerdem kann sie es an Bräune und Knackigkeit durchaus mit Eva aufnehmen.

Leider hat ’arry einen Revolver und Sveta ein Problem mit klaren Signalen. Ich würde gerne mal wieder einen Wodka mit ihr trinken, aber ungerne mit ’arry im Anschluss russisches Roulette spielen.

Außerdem, müsste ich Sveta und Eva vergleichen, würde Eva alleine schon aufgrund ihrer Jugend gewinnen. Sveta ist mindestens doppelt so alt und es kann nicht mehr lange dauern, wenn es nicht schon so ist, bis sich bei ihr Verfall und der damit einher gehende Geruch des Alters einstellen.

Evas Geruch dagegen ist so ähnlich wie Nicoles; nur eben voller Sex.

Auch an diesem Abend schleiche ich mich, kurz nachdem sie mit Duschen fertig ist, ins Badezimmer und versuche, so viel von ihren Duftspuren wie ich noch finde aus der schweren, feuchten Luft dort zu atmen. Als nichts mehr übrig ist, nehme ich das Höschen, das sie vermutlich gerade frisch in den Wäschekorb gelegt hat mit in mein Zimmer und onaniere mit ihm auf meinem Gesicht. Evas Intimbereich ist berauschend. Als würde sie sich im Schritt parfümieren oder als könnte man ihre Sekrete zur Herstellung von Duftstoffen verwenden. Leider kann ich ihre Kleidung nicht in meinem Schrank konservieren, sie hat nur eine kleine Auswahl hässlich bunter Slips, jedes einzelne Teil ist optisch so einzigartig abstoßend, dass sie es mit Sicherheit vermissen würde. Aber sie riechen toll. Sie riechen so gut, dass ich sogar auf frisch gewaschene Wäsche von ihr kommen kann, weil ihr Geruch in meinem Hirn immer noch eingespeichert ist und abgerufen wird, sobald ich etwas von ihrer Unterwäsche sehe.

Frische Ware ist außerdem immer besser als die aus der Tüte und es gibt regelmäßig Nachschub. Der Gedanke an Eva kann die Leere in mir nicht ganz füllen und auch die eine besondere Saite nicht mehr zum Schwingen bringen, aber manchmal schaffe ich es, in meinen Phantasien sie und Nicole übereinander zu legen und dann gibt es keine Welt mehr, in der mir so etwas wie eine innere Saite fehlen würde.

Der folgende Tag ist definitiv kein guter Tag.

In einer Pause schließe ich mich in meine Kabine ein und grübele über die letzten Tage.

Es klopft an der Tür. Vorsichtig schleiche ich hin und öffne sie einen Spalt. Marion steht draußen.

»Warum zum Teufel schließt du deine Tür ab?«

Die Frage erfordert schnelles Denken.

»Ich halte hier drin ein Rudel tanzender Affen und will nicht, dass sie entkommen.«

»Häh? Was?«

»Schon gut. Was gibt es denn?«

»Da draußen ist ein Rudel tanzender Affen und sie fragen, ob du zum Spielen raus kommst.«

»Was?«

»Beweg dich zur Rezi, wir haben Besuch.«

Ich schließe die Tür hinter mir ab, damit die Affen nicht fliehen und folge Marion unauffällig. An der Rezeption stehen zwei Beamte der Polizei. In Zivil, aber unverkennbar. Sie stellen sich vor und präsentieren ihre Dienstausweise. Dann fragen sie: »Sind Sie Herr …?«

Und ich sage: »Ja, der bin ich.«

Sie gehen das übliche Prozedere durch, fragen nach einem ungestörten Raum, informieren mich offiziell über Sybilles Tod, beobachten scharf meine Reaktionen und stellen mir mehrere Fragen dazu, ob sie davon gesprochen hätte, dass sie sich umbringen wolle zum Beispiel.

Ich weiß nicht so recht, was ich den Beamten antworten soll. Ich finde, das mit den Vergewaltigungen geht sie eigentlich nichts an, also verneine ich und bin so wortkarg wie möglich.

Die Befragung dauert nur kurz.

»Vielen Dank, Herr …, danke für Ihre Zeit, auch wenn wir gehofft hatten, dass Sie uns etwas mehr hätten helfen können, schließlich waren Sie der Letzte, mit dem sie vor ihrem Tod gesprochen hat.«

Oh. Wieder eine Überraschung. Der böse Teil in mir kitzelt und fordert, dass ich: »Walgesang, es war Walgesang, sie hat nicht gesprochen. Zumindest nicht an Land!«, sage, aber ich kann ihn zurückhalten. Schließlich war Sprechen eines der letzten Dinge, die sie dann wirklich getan hat. Nicht zurückhalten dagegen kann ich die Frage, ob es einen Abschiedsbrief gibt. Die Beamten, die mir schon den Rücken zugedreht hatten, bleiben stehen, drehen sich halb zu mir um und sehen sich dann vielsagend an. Scheiße, war das eine falsche Frage? Ich glaube, sie wissen es auch nicht. Irgendwann meint der mit dem Schnauzer: »In der Tat haben wir eine Menge Briefe gefunden, die wir zurzeit noch auswerten müssen. Einen richtigen Abschiedsbrief gibt es nicht. Alles, was wir unmittelbar bei der verstorbenen Frau … gefunden haben, war ein beschädigter Spiegel, er lag neben ihr auf dem Bett. Vermutlich hat sie ihn zerbrochen und sich mit den Scherben die Pulsadern aufgeschnitten, aber Genaueres wissen wir erst, wenn die Obduktion durchgeführt wurde. Wieso?«

Als die Beamten gegangen sind, schleiche ich wieder in meinen Raum und kraule ein paar der Affen. Das mit dem Tanzen war natürlich gelogen. Meine Affen sind gut erzogen. Als klar war, dass ich keinen Kabinensklaven bekomme und ein wenig zum Trost nach Sybilles Tod, habe ich mir ein paar Affenbabys angeschafft, die die Arbeit übernehmen. Affen sind für den Job perfekt, sie sitzen oben in den Ecken in der Kabine, da schaut nie ein Gast hin.

Ein zerbrochener Spiegel. Wie kann man so blöd sein, zu übersehen, was das heißt? Einen treffenderen Abschiedsbrief hätte sie gar nicht schreiben können. Die hässlichste und dickste Frau der nördlichen Hemisphäre bringt sich um und neben ihr liegt ein zerbrochener Spiegel, geht das noch klarer?

»Ja, natürlich«, antwortet die hässliche Stimme in mir wieder, »wenn man es ganz klar sehen wollte, hätte neben dem zerbrochenen Spiegel ein zerrissenes Bild liegen müssen. Ein Bild von dir.«

Ich kann durch die Stadt nach Hause gehen oder am Flussufer entlang. Am Flussufer ist es windig und mit ein bisschen gutem Willen kann man sich vorstellen, dass der Wind den Schmutz vom Tag wegbläst.

Klappt heute nicht. Dieser Tag und der gestrige kleben an mir wie Teer. Trotz allem bekomme ich Hunger.

An unserem Ufer gibt es ein Dönerboot. *Hilal's*. Ein kleine Schaluppe, umgebaut zu einer Dönerbude.

Es liegt direkt an einer der sieben Brücken, so ziemlich im Herzen des Freizeitparks, der das Ufer von Frühling bis Herbst für die Städter ist.

Vor der Anlegestelle steht ein Coca Cola-Stehtisch unter einem Sonnenschirm, dort stellt man sich auch an, es gibt keinen Innenbereich, nur eine Essensausgabe.

Da der Kai an dieser Stelle recht hoch ist, muss man sich ein kleines Stück zu Hilal und seinen Gehilfen runterbeugen, um Geld gegen Essen zu tauschen und ich frage mich immer, wie viel von beidem mittlerweile heruntergefallen und von den Enten im Main gefressen worden ist.

Hilal gibt auch Wasserpfeifen heraus und beschallt seinen Uferabschnitt kostenlos mit türkischer Popmusik, daher ist um die Anlegestelle immer sehr viel los.

Ich stehe mit zwei anderen Leuten in der Schlange und warte darauf, mir eine Pizza zu bestellen, als ein älterer türkischer Herr von der Seite an das Kundenfenster geht, zwei Tee auf Türkisch bestellt und sie sofort bekommt.

So was kann ich auf den Tod nicht leiden. Ich bin Deutscher.

Also rufe ich: »Ey, stehen wir hier nicht an oder was?!«

Wider Erwarten schaut er ein bisschen schuldbewusst zu Boden und sagt: »Enschüldigüng?!«, was wie ein ernst gemeintes Angebot klingt und mir als Entschuldigung reicht, aber dann mischt sich Hilal ein und sagt, ein bisschen zu laut, also so Asi-Korrekten-Lautstärke: »Hey, das ist schon in Ordnung.«

Ich sage darauf: »Nein, fuck, das ist nicht in Ordnung und ich bestell jetzt nichts mehr, weil ich das total scheiße finde!«, – und gehe.

Vollidiot. Und ich habe immer noch Hunger.

Die Frage, ob dieser Tag noch mieser werden kann, beantwortet sich, als ich vom Multifunktionsflur direkt vor die Füße der beiden Polizisten vom Vormittag gespuckt werde, die munter mit Hitler plaudernd in der Küche sitzen und offensichtlich auf mich warten.

»Hallo Herr ..., schön, dass Sie kommen, wir hätten da noch ein paar Fragen an Sie.«

Irre ich mich oder schaut Hitler erwartungsfroh in meine Richtung, so als könne er es kaum erwarten, dass ich von den beiden Polizisten auseinandergenommen werde?

Schwer zu sagen, man sieht ja, wie immer, nur Haare.

»Ich gehe erst mal aufs Klo – wenn ich darf«, antworte ich. Geschickt, Gespräche mit Staatsbediensteten beginnt man am besten immer direkt mit einer Provokation.

Die beiden gucken sich warnend an, als könnte ich tatsächlich vorhaben, durch das Badfenster abzuhauen. Vielleicht sollte ich mir einen Spaß daraus machen, wirklich auf 'arrys Terrasse springen und durchs Treppenhaus wieder reinkommen. Vielleicht noch etwas von meinem Zwillingsbruder erzählen oder so. Wäre spaßig, würde diesen ekligen Tag letztendlich aber wohl nur verlängern und am Ende hätte ich mir bloß selbst ins Knie geschossen. Also blase ich den Plan ab, sage stattdessen: »Keine Sorge, ich lasse Ihnen auch die Tür offen, damit Sie mich hören«, lasse dann wirklich die Tür offen und presse beim Pinkeln so stark ich kann, damit sie auch etwas zum Hören haben.

Ich kommentiere weiter: »Ich gehe direkt vom Klo in die Küche«, und tue das auch umgehend, damit sie nicht auf die Idee kommen, ich würde mir zwischendurch noch die Hände waschen und halte sie dann beiden zur Begrüßung hin.

Ohne meine Hand eines Blickes zu würdigen, beginnt der eine von ihnen mit der Befragung.

Man hat inzwischen die Briefe von Sybille ausgewertet, oder auf jeden Fall erst mal gelesen, und sie sind alle an mich adressiert.

Oh. Mein Lieblingswort der letzten Zeit. *Oh.* Mit einem Engländer habe ich mal darüber debattiert, wofür *O.k.* eigentlich steht. Er vertrat die Ansicht, es komme über Umwege aus dem Deutschen und sei eine Ableitung von *Alles klar.*

Alles klar – All clear, wobei das *All* ja *Ohl* gesprochen wird und so zum *O* wurde, ähnlich wie bei meinem Polen. Bleibt die Frage, wie das *klar* ein *k* geblieben ist. Ist aber sowieso die Meinung eines Einzelnen. In mir festigt sich dagegen immer mehr die Vermutung, *O.k.* bedeutet *Oh, kacke.*

Es ist schwer, das nicht auch auf der Stelle zu sagen. *Oh, kacke* wäre in der gegenwärtigen Situation so etwas wie ein Schuldeingeständnis und ich bin nicht schuld, zumindest nicht an Sybilles Briefen. Sie kann sie unmöglich alle nach dem einzigen Moment, in dem ich mich vielleicht (vielleicht, aber sehr unwahrscheinlich …) ein wenig schuldig gemacht habe, geschrieben haben. Es sei denn, es waren nur zwei.

»Um wie viele Briefe handelt es sich denn?«

Die Beamten sehen sich an.

»Wir hatten gehofft, Sie könnten uns da ein wenig weiterhelfen. Wie viele haben Sie denn bekommen?«

Endlich ein Trumpf!

»Keinen einzigen.«

Die beiden sehen erst sich und dann hilfesuchend Hitler an und Hitler sieht haarig zurück.

»Verstehe …«, sagt der eine Beamte. »Hätten Sie etwas dagegen, wenn wir uns mal in Ihren … Räumlichkeiten umsehen würden?«

Ehrlich gesagt, ja.

»Ehrlich gesagt, ja.«

Das lasse ich mal so im Raum stehen und das schmeckt Bully und Harry überhaupt nicht.

Um die Situation doch ein wenig zu klarifizieren, gebe ich meine Wortkargheit kurz auf und eine gut formulierte Erklärung aus freien Stücken ab: »Hören Sie, ich habe nie ein Wort mit dieser Frau gewechselt, sie kam, ich hab sie behandelt und danach ist sie wieder gegangen. Wenn sie einen Spleen für mich hatte, hat sie mir das nie gesagt oder auf eine Weise, die ich möglicherweise nicht verstanden habe. Ich habe nie einen Brief von ihr bekommen, mich nie außerhalb der Praxis mit ihr getroffen und auch sonst keinerlei Kontakt zu ihr gehabt. Mehr habe ich dazu nicht zu sagen.«

»Was meinen Sie mit: ›Auf eine Weise, die ich nicht verstanden habe?‹ Was hat sie zu Ihnen gesagt?«

»Keine Ahnung, ich spreche kein Walisch«, hätte ich gerne geantwortet, aber ich weiß, ich muss vorsichtig sein. Der Vorfall vorgestern darf auf keinen Fall bekannt werden, sonst werde ich die beiden Schnüffler nie wieder los.

»Nichts, außer etwas Gemurmeltem, was zeitlich an der Stelle von Hallo und Tschüss stand.«

»Und Sie haben sich nie mit ihr getroffen?«

»Ja.«

»Also doch?«

»Nein, ich habe Ihre Frage beantwortet.«

Und nach einer Pause mit der Beobachtung intensiven Grübelns: »Ja, es ist wahr, dass ich sie nie getroffen habe.«

Das bringt die beiden in die Spur zurück.

»Das ist seltsam …«, beginnt einer von beiden und macht eine Spannungspause, »ihre Chefin meinte, Sie hätten oft von einer – verzeihen Sie – ›dicken Frau‹ gesprochen, die Ihnen in ihrer Freizeit auf die Nerven geht. Um wen handelte es sich da?«

Ich blicke zu Hitler, Hitler blickt zurück. Eigentlich ein guter Moment, um ihm mal eine Wahrheit über sein Leben zu servieren, so vor Zeugen.

»Die Partnerin des hier anwesenden Herrn hatte eine Zeit lang einen Hang zur Korpulenz, befindet sich augenblicklich aber auf dem Weg zur Besserung.«

Die beiden blicken Hitler an, Hitler blickt zurück. Regungslos. Ich weiß nicht, ob er noch am Tisch sitzt oder sich klammheimlich verpinkelt und nur seine Haare zurück gelassen hat.

»Wie meinst 'n das?«, setzt er plötzlich an.

»Na ja, … Eva war im Winter ziemlich fett.«

»Eva?«

»Petra, meine ich.«

»Petra ist ihre Freundin?«

»Ja.«

»Wer ist denn dann Eva?«

»Keine Ahnung. Paul, wen meinst du mit Eva?«

»Eva ist …, Mann, ich hab sie einfach kurz verwechselt, ich meinte Petra.«

»Sicher?«

»Ja, hundert Pro.«

»Verschweigen Sie uns ein weiteres Opfer?«

»Wieso Opfer? Nein, ich hab nur kurz den Namen verwechselt.«

»Harry, schreib dir auf, dass wir Frau Dings Mutter fragen, ob ihre Tochter Eva als Zwischen- oder Spitznamen hatte.«

»Wieso ist Petra fett?«

»Keine Ahnung. Bewegungsmangel, falsche Ernährung, Veranlagung. Ist doch deine Freundin.«

Hitler grübelt, während die Bullen schreiben.

»Also ich find das nicht gut, dass du sie hier einfach so beleidigst, Paul.«

»Mann, ich beleidige sie nicht, aber sie hatte ein paar Kilos zu viel und die Herren hier haben nach ihr gefragt. Aber jetzt ist sie wieder schlank und alles ist gut.«

»Wirklich?«, klinken sich die Bullen wieder ein. »Wann haben Sie zuletzt mit dieser Petra gesprochen. Haben sie Briefe von ihr erhalten?«

»Gott bewahre.«

Hitlers Haare stellen sich alarmiert auf.

»Was hat sie dir geschrieben?«

»Und wie viele?«

»MANN!«, schreie ich. »Nichts hat sie mir geschrieben und Sybille auch nicht! Ich steh nicht auf fette Frauen und Sybille war fett und Eva auch!«

»Hallo Paul«, sagt Petra in meinen Rücken. »Wer ist denn Eva?«

Es dauert zwei weitere Stunden, bis die Beamten gehen und alle in der WG sauer auf mich sind. Ich muss unter den Augen der Hitlers und nach und nach auch Moks und des Marèchal klein für klein noch mal alles erklären und dabei peinlich genau Eva in ihrer vollsten Form und mein Verhältnis zu den einzelnen Bewohnern beschreiben. Die Beschreibung von Eva kann ich mir eigentlich auch sparen, denn unter der Vorgabe, an ihr nach Merkmalen ihrer Fettsucht zu suchen, gaffen beide Beamten sie stümperhaft verholen an und seltsamerweise guckt Hitler daneben sitzend beinahe stolz.

An diesem Abend sind dann auch die Türen zuer als sonst. Ich wandere durch den Multifunktionsflur auf der Suche nach menschlicher Wärme wie das Mädchen mit den Schwefelhölzern auf der schneeverschneiten Straße ihres Dorfes. Hinter den Türen ist Licht und Lachen, bilde ich mir zumindest ein, in meinem Zimmer aber ist es irgendwie kalt. Ich bin selbst zu aufgewühlt, mein Riechtorium zu konsultieren. Verflucht seien Sybille und ihre Scheißbriefe.

Die Beamten hatten in der Tat einen dabei und ihn sich als Höhepunkt zum Schluss aufbewahrt. Kindliches Geschwafel, das romantische Geschreibsel einer Vierzehnjährigen, nichts, was irgendjemand mit auch nur rudimentärem IQ ernst nehmen würde, nur zwei geistig minderbemittelte Polizisten mit ihrer kleinkarierten und stark limitierten Weltsicht.

Zum Glück ist es vorbei. Da es sich nur um Selbstmord und nicht um Mord handelt, besteht keine Notwendigkeit, meine Aussage auf dem Revier noch mal aufzunehmen, haben sie gesagt. Reine Routine, haben sie beim Gehen betont, der Rest vermutlich gesunder Sadismus.

»Egal, endlich vorbei«, denke ich, als ich abends in meinem kalten Bett liege und mir sicher bin, dass der folgende Tag nicht noch schlimmer werden kann. Endlich vorbei.

Im Zimmer neben mir – oder: in meinem Zimmer, nur hinter der Wand – pumpt Hitler fleißig Eiweiß in seine Eva, damit sie wieder Fleisch auf die Rippen kriegt. Das macht mich wahnsinnig. Heute ist keine Nacht zum Schlafen, Olfaktorium, harre meiner!

1943

Übermüdet, blass wie der durchschnittliche Triebtäter und vermutlich genauso ausgelutscht, das ist Paul in diesem Frühling. Ganz anders die Reichsfraktion. Hitlers zelebrieren hinter der Wand bei jeder Gelegenheit ihren Fruchtbarkeitstanz und feiern die Zeit der steigenden Säfte. Adolf ist auffallend schnell beim Sex, wenn man von der Zeitspanne zwischen dem ersten Knarren des Bettgestells bis zu Evas arg gespielt klingendem Orgasmus rechnet. Blitzkrieg. Reicht für Polen, sollte aber spätestens vor Moskau an seine Grenzen stoßen.

Dort warte ich.

Und warte.

Es ist zum Mäuse melken. Leider begnügt sich Evas Show-off-Trieb seit die Schwimmbäder geöffnet haben auf kurzes Hereinschneien in die Küche, wenn sie ihr dreckiges Geschirr in unsere Spülmaschine räumt, neben die Töpfe, in denen Hitler das gekocht hat, mit dem das Geschirr dreckig gemacht wurde. Es gibt wie gesagt keinen Quark mehr, dafür ziemlich meistens Tiefkühlkost von Lidl und Aldi. Das kann auf Dauer nicht gesund sein, dennoch sehen Hitlers blendend aus, was auch daran liegt, dass sie jetzt beide frenetische Sonnenbader sind. Eva ja schon immer und Hitler seit Eva. Fett schmilzt in der Sonne, es scheint also doch einen Zusammenhang zu geben. Evas weißblonde Haare auf ihren gebräunten und so oft es geht unbedeckten Schultern lassen mich verstehen, warum man so im Süden nicht in die Kirche darf; es ist Sünde pur. Dass sie sich immer nur kurz sehen lässt, macht die Sache nur noch schärfer. Dem Marèchal geht es nicht anders, auch wenn er es leugnet. Jedes Mal, wenn wir uns vornehmen, sie zusammenzuscheißen, weil sie bloß ein Scheißparasit in unseren Reihen ist, vergessen wir es vor Geilheit bei ihrem Anblick. Hatten wir im Winter Tomaten auf den Augen oder hat Hitler von Anfang an etwas in ihr gesehen, das uns entgangen ist? »Du bist schlank und blass, Paul, hast du Kummer?«

Marion. Und weibliche Intuition, beziehungsweise Marions untrügliches Bankergespür für fallende Aktien oder schwächelnde Mitarbeiter. Das merke ich, als sie mich zum vierten Mal anspricht und dieses Mal direkt in ihr Büro bittet, statt etwas angestrengt die mütterliche Seite rauszukehren.

»Paul, deine Arbeit hat stark nachgelassen. Paul, du ziehst ständig Fresse. Paul, deine Stammkunden springen Stück für Stück ab. Paul, du riechst.«

Unwillkürlich hebe ich meinen Arm ein Stück und senke unmerklich meinen Kopf, obwohl Marion keinen Ton gesagt hat. Sie zuckt nicht mal mit der Wimper. Außerdem stimmt es, ich merke es ja selber. Unangenehm.

»Keine Ahnung«, konstatiere ich, »läuft grad alles nicht so.«

»Willst du drüber reden?«

Keine Antwort.

»Ok, ich sag dir was. Du bist einer meiner ältesten und besten Mitarbeiter, aber die Kundschaft entscheidet, wer auf dem Markt bleibt. Ich gebe dir zwei Wochen, krieg das wieder hin, sonst müssen wir uns was für dich einfallen lassen. Ok?«

Oh kacke.

Klar ist das ok, was soll ich auch darauf sagen, »Nee, du, lass mal, das passt schon so«?

Und *was einfallen* lassen meint bestimmt keine Kuschelstunde, dafür ist Marion viel zu stachelig.

»Mann, du siehst echt scheiße aus«, fasst auch der Marèchal an diesem Abend treffend meine Existenz zusammen. Um zu verstehen, was gleich passiert, muss man wissen, dass der Marèchal so gut wie nie redet, es sei denn, es geht um Sport und/oder Politik. Dann redet er allerdings zu viel. Viel zu viel. Eines tut er jedoch nie: Persönlich werden. Diese direkte Anrede von ihm ist also so was wie eine Auszeichnung, gleichzeitig aber auch ein deutliches Signal, wie scheiße ich gerade wirklich bin. Scheiße.

Scheiße! Scheiße! SCHEISSE! DAS KANN DOCH ALLES NICHT WAHR SEIN! VERDAMMT! HIMMELHERRGOTTSAKRAMENT, VERFLIXT UND ZUGENÄHT JALECKSTMINOCHAMAL!

SCHLUSS DAMIT!

Wahnsinnige Raserei.

Jeder kennt sie, diese Momente, in denen alles klar scheint, in denen man das innere Ruder herumreißt und beschließt, dass ab jetzt alles anders wird. Alles, aber auch wirklich alles. Stand schon bei den Buddenbrooks. Wichtig ist in diesem Moment das Handeln. Nur wer handelt, ändert auch etwas. Also handele ich.

An diesem Tag begrabe ich den toten Paul. Alles was war und ist, damit das, was sein wird, auch sein können wird.

Symbolisch, ein längst überfälliger Schritt, trage ich an diesem Abend mein Olfaktorium zu Grabe. Ich hätte gerne alles verbrannt, aber das wäre höllenauffällig, also verstaue ich die vielen kleinen Tüten in meinem Rucksack und verteile sie im Schutz der Abenddämmerung auf viele öffentliche Mülleimer. Mit jedem Teil, das fällt, fällt auch etwas von mir ab. Als hätte ich bisher Steine in meinen Taschen gehabt, die mich bei jedem Schritt beschweren, fühle ich mich, als ich fertig bin, zu ersten Mal seit Langem, irgendwie frei.

Zwei Abende später der Rückfall. Leicht verunsicherte Passanten sehen am abendlichen Ufer einen sichtlich aufgewühlten falschen Polen die öffentlichen Mülleimer der Stadt durchwühlen und reagieren vermutlich angewidert. Ich achte nicht auf sie.

Der Weg aus dem Loch geht nur Schritt um Schritt, das stimmt schon für sich, aber das geile Gestöhne von nebenan macht es mir wirklich nicht einfach. Einen Abend durchzuhalten war ok, vor allem, weil Hitlers ausnahmsweise mal nicht gefickt haben, sondern erst spät gekommen sind. Aber heute geht es nicht. Ich muss mich abreagieren, irgendwie, und die verdammten Unterhosen sind alle schon weg. Was Scharfes! Ich brauche was Scharfes!

Etwas, das mir den Schweiß und die Geilheit durch die Rippen treibt!

Ein Wunder oder ein Dönerboot, mir ist beides recht. Hilal, brenn mir meinen Trieb aus mit irgendetwas höllisch Gewürztem!

An diesem Abend ist dem Himmel sei Dank nicht viel los und es gibt keine Schlange. Ich bestelle bei einem der Assistenten.

Hilal bringt es mir selbst. Er will es mir gerade geben, als er innehält.

»He, disch kenne isch doch …«

Klar kennt der mich. Ich kauf hier seit Längerem meinen Döner. Dann wird mir bewusst, dass er etwas anderes meint, denn in diesem Moment erkenne ich auch ihn. Wahrscheinlich liegt es an der Dunkelheit und dem künstlichen Licht seines Neonröhren-Werbeschilds, das andere Schatten auf die Gesichter malt als Tageslicht, aber plötzlich fallen die Schuppen: Hilal ist einer aus meiner ehemaligen Stammkneipe, aus Klein-Osteuropa. Natürlich! Ohne angespitzten Billardqueue in der Hand habe ich ihn gar nicht erkannt. Ein winziger Impuls meldet sich in mir und versucht, ein Lächeln in mein Gesicht zu kriegen und ihn zu umarmen, Wehmut der vergangenen Tage, aber Hilals Gesichtsausdruck ist das beste Mittel dagegen, ihm fällt nämlich gerade noch etwas ein.

»Hey, du bist doch diese Asch von neulich. Hast beschimpft meine Cousin, wegen Tee!« Ich denke kurz nach, genau, richtig, ja, bin ich, und?

Als Antwort auf meine nicht gestellte Frage, wickelt er die Alufolie auf, spuckt mir mit Herzenslust in den gerollten Fladen, packt das Ganze wieder ein und sagt: »Hier, für disch, Aschloch.«

Ich nehme mein Essen, halte es kurz in der Hand, lasse es dann demonstrativ in den Fluss fallen (wenigstens von diesem weiß ich es sicher), richte mich auf, öffne meine Hose, packe meinen Schwanz aus und pisse ihm in sein Fenster.

Ich habe wahrscheinlich gerade mein Todesurteil unterschrieben, aber trotzdem fühle ich mich so lebendig wie lange nicht mehr. Hilal schreit: »Was, du Hurensohn!«, und will rausklettern, aber ich trete ihm mit einem Fuß ins Gesicht und halte ihn damit zurück, bis ich fertig bin. Dann renne ich. Zweimal sterben in zwei Tagen, noch besser kann man gar nicht wiedergeboren werden. Das Blut rauscht in meinen Schläfen, mein Herz klopft noch eine Stunde, nachdem ich nach Hause gekommen bin und lässt auch nicht nach, als ich mich langsam aus meiner Beobachtungsposition am Fenster schäle. Mein Rücken und meine Knie schmerzen vom langen Hocken, aber dafür ich bin mir ziemlich sicher, dass mir niemand gefolgt ist.

Ich kann nicht anders, der Nachhall des Abenteuers treibt mir ein fettes Grinsen ins Gesicht, sicherlich leuchte ich im Dunkeln.

Spontan koche ich Abendessen für den Marèchal mit, denn ich weiß, das heute war der Wendepunkt, ab jetzt geht es mit diesem Leben aufwärts und das muss gefeiert werden.

Ich muss mich in meiner Euphorie nicht mal auf trügerische Gefühle verlassen, es gibt faktische Verbesserungen: Am Ende der Woche steht so was wie ein Meilenstein unseres Zusammenlebens hier. Nach einem halben Jahr der Dunkelheit und des vollgeschmierten Klos ist es nämlich endlich soweit: Kackspuren-Man zieht aus.

Seit drei Tagen casten wir Bewerber, heute ist der letzte Termin, dann sagen wir unserem Favoriten Bescheid und stecken sein Fahrrad an, wenn er uns doch noch absagt.

Wir haben auch schon einen im Auge, beziehungsweise ist es eine Sie, und da wir uns ihrer ziemlich sicher sind und auch sie beim Casting echt begeistert aussah, können wir die Sache heute etwas lockerer angehen.

Farid ist als erstes dran. Er ist Araber, hat in seiner Bewerbung geschrieben, dass er sehr sauber ist und gerne kocht, außerdem gesellig, toller Typ zum Pferdestehlen und so weiter, das, was alle schreiben.

Das erste, was mir an Farid auffällt, als er die Treppe hoch kommt, sind seine langen, lockigen Haare, sieht man selten so was, an Arabern, vor allem, dass sie fast bis zur Hüfte reichen. Einer sehr breiten Hüfte. Und warum hat Farid Titten?

»Allôhh?«

Die Stimme kommt von irgendwo über den Brüsten. Mein Blick klettert langsam und mühsam eine Steilwand nach oben, überwindet dann einen Überhang, Griff, eins, zwei, übergreifen, hochziehen, da ist ein Kinn, ein Mund, wir kommen der Sache näher, aufziehen, ja, so ist's gut, Blende, noch ein kleines Stück weiter.

»Allôhh?«

Aus einer Wolke aus Duft schält sich eine Hand mit langen, zarten Fingern und dringt in meinen Bereich ein. (»Babe, das ist mein Tanzbereich, das ist dein Tanzbereich« oder »Deine Chancen mit mir sind hier oben, ohne mich hier unten. Mit mir, ohne mich, mit mir, ohne mich.« Wahnsinnsfilm.) Ich ergreife die Hand, führe sie direkt an meinen Mund und rieche daran. Erdig, etwas wie Henna, aber sie riecht förmlich nach Seide. Ich bin versucht, den Handrücken über meine Wange zu ziehen und Haut an Haut lecken zu lassen, aber es scheint noch jemand im Raum zu sein. Erneutes Aufblenden. Vom Gesichtsausdruck her ist Farid genau wie ich ihn mir vorgestellt habe, nur der Rest stimmt nicht. Es sei denn, Farid ist ein Mädchenname.

»Äh«, ist das erste, was mir einfällt, dann: »Farid?«

Die Wirkung von Sprache ist immer wieder unglaublich. Man kann sich völlig schwachsinnig verhalten, sobald man etwas Sinnvolles dazu sagt, gehen fast alle Abwehrschilder des Gegenübers runter und alles ist vergessen, wie beim Drücken einer Resettaste.

»Farid ist main Brruhdär. Er hchat email geschriiibe für mihch. Ikch bin Layla.«

»Ja, dann komm doch rein.«

Sie schaut unsicher, aber sie flieht nicht. Ich trete einen Schritt zur Seite und lasse sie an mir vorbei in die Wohnung. Im Vorbeigehen krallt sich ihr Duft in mein Fleisch und reißt große Brocken daraus. Ich versuche die Tür zu schließen, finde aber den Türknauf nicht, weil mein Blick sich auf ihrem wiegenden Hinterteil verliert. Warum haben wir nur so einen kurzen Flur, kann sie nicht ewig so weitergehen und ich hier stehen, mit der Tür und Hitler am Eingang zur Küche mit einer Rolle Klopapier? Ich sehe seine Verwirrung über Farids Erscheinung daran, dass er Layla statt seiner Hand die Rolle hinhält. Ein doppelt auffälliger Move, denn er hält sie ihr mit der linken Hand hin. Ich gehe einen Schritt zur Seite für den Fall, dass Layla gleich schreiend an mir vorbei rennt. Aber sie hält sich gut. Vielleicht denkt sie auch, dass Hitler gerade vom Klo kommt und wir das in Europa eben so machen, gleiche Technik, nur Klopapier drüber – das Geheimnis der angeblich so weit entwickelten westlichen Welt!

Ich bin gespannt, ob Hitler sich gleich als Hitler vorstellt oder einen Decknamen, unter Umständen seinen wirklichen, benutzt. Geistesgegenwärtig sagt er: »Adolf.«

Also, wenn ich Layla wäre, würde ich jetzt eine Freundin anrufen, dann ganz langsam aufstehen, ohne den Blickkontakt zu verlieren rückwärts zur Wohnungstür gehen, sie von außen schließen, die Treppe herunterrennen und erst mit dem Telefonieren aufhören, wenn ich in der nächsten Polizeiwache oder bei meinen dreiundzwanzig Brüdern zu Hause sitzen würde.

Hitler und ich sitzen sabbernd und deutlich verkrampft gedrängt in einer Ecke und versuchen uns nichts anmerken zu lassen, während der Marèchal, unbeeindruckt wie immer und vielleicht gerade deswegen, doppelt obszön erscheint, weil er völlig entspannt und mit weit gespreizten Beinen auf seinem Stuhl fläzt und dabei einen Blick hat, als wäre Layla schon bei ihm am Hantieren. Wir wissen, dass er ohne Grund manchmal so guckt, aber Layla kann das nur vermuten. Erschwerend zur schon drückenden Stimmung in der kleinen Küche kommt das ebenfalls nicht gerade entlastende Schweigen. Wir haben keine Fragen vorbereitet und die Klopapierrolle, die jetzt, statt Gläsern und Getränken, wie es sich gehört, auf dem Tisch zwischen uns Vieren steht, trägt auch nicht wirklich zur Unterhaltung bei. Ich persönlich jedenfalls finde Layla zu geil, um jetzt noch auf einen klaren Gedanken kommen zu können. Unsere einzige Hoffnung ist der Marèchal, aber der scheint geistig gerade nicht anwesend zu sein. Besser, als wenn er über Fußball oder Politik zu sprechen anfangen würde. Obwohl, nein, Hauptsache, irgendwer sagt schnell mal irgendwas.

»Tja«, beginnt Hitler, »dann erzähl' doch mal.« Layla, stellt sich heraus, ist gebürtige Tunesierin, aber in Belgien aufgewachsen und versteht ziemlich gut Deutsch. Allerdings verdreht sie die Laute so seltsam melodisch, dass ihr zuzuhören ist, wie einem Märchen zu lauschen. Ich kann mich durchgehend nicht auf das konzentrieren, was sie sagt, denn wie sie es sagt, treibt mich an die Grenze des Wahnsinns. Dazu duftet sie so verlockend, dass ich sie wörtlich auffressen möchte. Ich springe auf, schlage meine Zähne in ihren Hals und trinke ihr Blut, bis auf den letzten Tropfen. Dann reiße ich ihr große Stücke Fleisch aus ihrem delikaten Arm, aus ihrem wohlgeformten Po, beiße ihr eine Brust ab, schiebe die bluttriefende Masse in meinem Mund mit meiner gierigen Zunge hin und her und bekomme als nächstes mit, wie ich sage: »Also Layla, das Zimmer ist schon weg! Sorry. Sollen wir dir ein Taxi rufen?«

Es ist einfach aus mir rausgeplatzt.

Rechts und links neben mir deutliche Druckentweichung. Eventuell auch Verwunderung. Vor mir völlige Verwirrung.

»Schohn wegchh?«, und hinter dem *weg* ein kehliges Nachkrächzen, wie das nur die arabischen Sprachen zustande bringen. Was bei einem Deutschen aber wie ein Fall für den Notarzt klingen würde, erinnert bei Layla an einen Tropfen schweren, süßen Weins, der noch einige Sekunden am Ausguss des Krugs hängt, bevor er sich langsam löst und – tropft.

Spontan stelle ich mir vor, wie ich diesen letzten Tropfen mit meiner Zunge von ihren toten Lippen pflücke. Vielleicht sollte ich doch mal zum Arzt gehen. Ist das noch undersexed oder schon pathologisch? Ich sinniere darüber und kehre erst einige Zeit später wieder in die Gegenwart/Küche zurück. Hitler steht neben mir, eine Hand auf meine Schulter gelegt, und murmelt: »Gut gemacht«, zwischen seinen

Haarsträhnen durch. Layla ist weg. Vermutlich sehe ich sie nie wieder, aber Hitler hat recht. Wir wären total verrückt geworden, wenn sie bei uns eingezogen wäre. Also so verrückt wie man werden kann, wenn man es eigentlich schon ist. Aber darum geht es schließlich in diesem Text.

Letztendlich entscheiden wir uns für einen italienischen Praktikanten – ein klassischer Verbündeter, wir nennen ihn Benito – der seit dem Tag seines Einzugs eine Spur aus schwarzen Haaren legt, woran man sehen kann, wo in der Wohnung er sich gerade aufhält. Das hätten die Macher von *Kitchen Stories* mal einbauen sollen, dann hätten sie sich die Konstruktion dieses Holzturms sparen können.

Eigentlich wollten wir keine Männer mehr, wir drei sind schließlich schon genug, aber die Episode mit Layla hat uns gezeigt, wie sehr unsere Gemeinschaft Wachs in den Händen einer schönen Frau ist und EINE Frau, die alle im Haus verrückt macht, reicht im Grunde völlig aus. Außerdem würde Eva Hitler im Falle eines dauerhaften Zusammenlebens mit jemandem wie Layla vermutlich kastrieren. Oder essen.

Dem Mädchen, das wir ursprünglich haben wollten, sagen wir ab. Zwei Tage später brennt Hitlers Fahrrad völlig aus. Brandstiftung, sagt die Polizei bestimmt, wenn wir sie fragen würden, aber wir wissen sehr gut, wer es war. Hitler kommentiert den Vorfall nicht groß und repariert eine seiner Fahrradleichen. Endlich mal ein bisschen Platz im Hof, allerdings vermittelt der Franzose nicht den Eindruck, dass es ihm aufgefallen ist.

Weil er mit Hitler Waffenstillstand hat, konzentriert sich sein Hass jetzt wieder auf den Anwalt. Um den Blinden zu ärgern, lässt er die Mülltonnen zwar immer in der Ecke stehen, dafür tauscht er sie untereinander aus oder legt

Glassplitter oder Fleisch- und Blutreste uneingepackt oben drauf, damit der Blinde, der ja nur blind und nicht doof ist und weiterhin mit den Händen die Tonnen abtastet, um die richtige zu finden, auch immer schön an ihn denkt. Ich weiß gar nicht, warum ’arry so aggressiv ist. Wenn er so weiter macht, wird er Amerika zum Kriegseintritt bewegen, aber nicht gegen Hitler, sondern gegen Frankreich. Wahrscheinlich ist er so, weil er klein ist und wahrscheinlich auch, weil er das Gefühl hat, wir wohnen alle in seinem Haus. Dabei gehört das Haus doch uns.

Woche eins nach Mok. Herrlich, endlich Licht im Haus, weil Mok nicht mehr ständig vor der Sonne steht. Wenn ich an das zurückliegende halbe Jahr denke, sehe ich ihn als einen Kloß in unserer Küche sitzen, dumm grinsen und beim Essen wegen seines großen Kopfes Geräusche wie ein Schaufelradbagger machen. Den Rest der Zeit habe ich ihn vermutlich einfach ignoriert, denn mehr fällt mir zu ihm nicht ein. Dem Marèchal geht es nicht anders, auch wenn er als verkappter Schweizer deutlich mehr mit ihm geredet hat.

Sei ’s drum. Zum richtigen Nachsinnen bleibt sowieso kaum Raum, denn der Italiener übererfüllt sämtliche Klischees durch entsprechende Redseligkeit und ausgeprägtes Mitteilungsbedürfnis.

»Hey guys, what’s up?«, ist seine Form von *Guten Morgen, Guten Tag, Guten Nachmittag, Guten Abend* und die Begrüßung zu allen anderen Anlässen, wenn sich einer von uns zeitgleich mit ihm in der Küche oder im Gang befindet.

Mir gehen schon am zweiten Tag die Antworten aus, denn ich bin vorher noch nie geschätzte zehn Mal in einer Stunde gefragt worden, was bei mir so abgeht, zumindest nicht von derselben Person. Es hilft etwas, dass er ziemlich amerikanisch tut und die Frage in sich nicht wirklich ernst gemeint ist, man kann ihm also ruhig etwas auch dreimal erzählen, für ihn ist es jedes Mal erneut ein Ereignis.

»Hey what's up?«

»I'm having breakfast.«

»Wow, cool, so ... what's up?«

»Now I am stirring my milk.«

»Great! And ... what's up with you, guys?«

Mir war bis zu diesem Mitbewohner nie bewusst, aus wie vielen Einzelteilen Frühstück bestehen kann. Eine denkbare Bereicherung. Ich würde gerne mein Italienisch mit ihm üben, aber er redet meistens Englisch. Ich hab ihn mal gefragt, warum, aber er konnte es mir nicht erklären. Danach wollte er wissen, what up geht. So ist das jetzt hier bei uns.

Wenn man es selbst nicht schafft, schafft es das Universum für einen. Seit dem Schnitt mit Mok geht auch alles andere wieder bergauf, mehr, als ich es alleine vermutlich hinbekommen hätte. Ich vermisse meine Riechdrogen ab und zu, aber in den dunkelsten Stunden gehe ich in die täglich stärker werdende Sonne und lasse sie das Licht in mir wieder anzünden und das reicht dann für eine Zeit. Für alles andere gibt es die Pornoseiten im Internet. Ich fühle mich zum ersten Mal seit Langem wieder richtig normal.

»Hey Paul, gut schaust' aus!« Marion. Alles was recht ist, die Frau weiß, wie man den Ton trifft. In diesem Satz steckt so ziemlich alles, was gesagt werden muss: »Paul, ich freue mich, dass du deine Arbeit wieder hinkriegst, dass es mit dir persönlich wohl bergauf geht, dass du dein Deo gefunden hast und mach dir keine Sorgen, dein Aufenthalt hier ist erst mal verlängert.«

Es muss stimmen, was man sagt: Glück ist anziehend. Geht etwas bergauf, kommt alles andere mit. Trinkgeld fließt, die Patientinnen flirten, selbst auf Nicole scheint es zu wirken. Sie hat mir heute zugelächelt, im Gang, einfach so. Nicht erst geschubst und dann ausgelacht.

Sie wirkte dabei nur ein bisschen verrückt; aber gut, dass sie einen an der Klatsche hat, weiß ich ja. Wer sucht sich schon freiwillig einen Bulgaren als Partner?

Ich wünschte nur, Eva würde auch mal merken, wie gut es mir geht, so was muss man doch sehen! Mir ist bewusst, dass Frauen im Gegensatz zu Männern so gucken können, dass man es nicht merkt, aber egal wie oft ich versuche sie zu erwischen, ich erwische sie nicht. Entweder sie ist geschickter als ihr plumpes Aussehen vermuten lassen würde oder … sie guckt nicht.

Nein, das kann nicht sein, ich muss mich einfach mehr anstrengen, ihren Blick locken und dann bannen. Vielleicht sollte ich mir ein Schnitzel auf den Hintern binden. Ich meine, ihre Abnehmleistung in allen Ehren, aber seit Sommer ist und Hitlers sich vor allem die Zeit im Freibad mit öffentlichem Schimmeln vertreiben, kriegt sie wieder einen dicken Hintern. Ja, scheiße ist das mit den Genen. Umso verzweifelter fährt sie Fahrrad. Hitler hat neulich in der Küche erzählt, dass sie jetzt gemeinsam Touren unternehmen. Anlass seiner Erzählung war sein Gejammer, weil er die Tour wegen seiner empfindlichen Augen abbrechen musste, denn sie sind immerhin geschlagene »zehn Minuten gegen Westwind gefahren!«, hat er gesagt und sich seinen Amecke extra sanften Obstsaft eingegossen. Der Diktator aller Diktatoren …

Vermutlich wäre Eva längst wieder schlank, wenn Hitler nicht so eine Memme wäre.

Im Grunde spielt mir das alles in die Hände, irgendwann wird Eva einen richtigen Mann wollen und ich hab sogar Brusthaare; und die hängen nicht bloß vom Kopf bis zu den Warzen runter .

»Oh, du hast aber einen männlichen Brustkorb«, bemerkt eine Weile darauf messerscharf ein Gast von mir. Auch wenn sie nicht mein Typ ist, hören Männer so ein Kompliment hin und wieder gerne. Sonst sind Poloshirts ja nicht so mein Fall, aber zum Aufknöpfen und etwas Wildwuchs Präsentieren eignen sie sich definitiv besser als T-Shirts. »Da würd' ich gern mal auf Safari gehen«, schnurrt der Jaguar weiter und präsentiert angegilbte Raucherfinger mit vielen Falten und deutlich zu roten, langen Fingernägeln. Ein alter Irrglaube von Frauen, dass Männer auf Krallen stehen oder dass rote Fingernägel alleine genügen, den abgewrackten Frau-Rest attraktiv zu machen.

»Miau!«, ist ihr nächster Beitrag und der hat im Schlepptau den klassisch abgestandenen, säuerlichen Raucheratem. Etwas Alkohol war heute vermutlich auch schon dabei.

Eigentlich ist das, was sie da macht, streng genommen schon sexuelle Belästigung, aber von uns Männern erwartet man gemeinhin, dass wir mit so was umgehen können.

Als die Frau auf dem Rücken liegt und ich ihr einen der Oberarme massiere, passiert es: Sie packt mich mit der anderen Hand im Genick, will mich zu sich runterziehen und zieht, weil sie dafür viel zu schlaff ist, stattdessen sich selbst ein Stück nach oben. Das Handtuch rutscht ihr von der Brust, aber da ihre alten und faltigen Titten so platt sind, rutscht es bis zum Bauchnabel, ohne dass man ihre Nippel sieht. Sie schafft es, gleichzeitig diesen Vorfall zu ignorieren und sein Ergebnis zu präsentieren und haucht, während ihre Zunge zwischen den Buchstaben rumstochert mit heißem Atem: »Küss mich!« in mein rechtes Auge.

Der Hauch alleine ist apokalyptisch. Von ihrem von fauler Lust verzerrten Gesicht ganz zu schweigen. Ehe Höflichkeit und Professionalität die Sache regeln können, schaltet sich mein Selbstschutz ein. Ich verziehe das Gesicht, winde mich aus ihrem Griff und springe in Richtung Fenster. Vor Frauen haben mich meine AusbilderInnen immer gewarnt. Männer kann man anschreien, wenn sie die Nähe bei einer Behandlung mal falsch auslegen, dann geben die Ruhe. Frauen nicht. Frauen sind darüber hinaus äußerst skrupellos und egoistisch. Die kriegen im Leben einfach zu viel, um mal etwas nicht bekommen zu können.

»Oh, was ist denn, willst du mich nicht küssen?« Die Harpyie rutscht von der Bank, das Handtuch gleitet zu Boden und sie steht bis auf den Slip komplett nackt vor mir. Der Anblick ist in etwa so schlimm, wie ich ihn mir vorgestellt habe, vor allem deswegen, weil Verfall sich wie Wäschetrocknen von oben nach unten vollzieht, will heißen: Erst altern Gesicht und Hals, dann der Oberkörper, aber wenn man nicht schon mit hässlichen Beinen geboren wird, hat man gute Chancen, bis in die Fünfziger mit einer grotesk schönen unteren Körperhälfte unter einer wie schon beschrieben aussehenden oberen Körperhälfte herumzulaufen. Eine Art von Frankensteinismus, als hätte jemand zwei Teile von verschiedenen Menschen zu einem zusammengenäht.

Diese widerliche Mischung überfordert meinen Geschmackssinn und obwohl ihre dürren, in einer die Mütterlichkeit persiflierenden Geste zu mir ausgestreckten Arme ihren Körper wie einen Zombie hinter sich her auf mich zu ziehen und meinen schlimmsten Alpträumen ein Gesicht geben, erregen mich ihre fast perfekten Beine und das hoch geschnittene und fest anliegende Dreieck ihres schwarzen Ledertangas dazwischen aufs Äußerste und die schnell wachsende Beule in meiner Hose entgeht ihr nicht.

»Oh, komm her, Schatz, ich weiß, du willst es auch!« Sie drängt mich gegen das Fenster, umklammert mit einer Hand wieder meinen Nacken und fasst mir mit der anderen zwischen die Beine. Irgendwie schafft sie es, meinen Penis aus der Hose zu fummeln. Parallel dazu versucht sie mir ihre Zunge in den Mund zu schieben und steckt sie, als ich den Kopf weg drehe, stattdessen in mein Ohr. Ich kann nicht mehr. Ich versuche sie wegzuschubsen, aber meine Hände verfangen sich in ihren Titten. Es ist so widerlich und gleichzeitig irgendwie verdammt erregend und ich hatte zu lange keinen Sex mehr und so spritze ich in ihre Handfläche ab, zumindest einen Teil. Der Rest ziert jetzt in einem langen, birnenförmigen Fleck mein Hosenbein. Scheiße.

»Na siehste, ich hab 's doch gewusst! Und jetzt bin ich dran!«

Was denn, sie kann doch nicht …? Ihre Hand zieht mich brutal zurück in Richtung Liege. Sie erwartet allen Ernstes von mir, dass ich sie jetzt befriedige und in der Tat fängt sie schon an zu stöhnen, ehe ich sie berühre. Sie wirft den Kopf hin und her mit einer Miene, als würde sie dem kleinen Jungen jetzt mal zeigen, wie das richtig geht.

Von meiner Geilheit ist nichts mehr übrig, sie hat mit dem Sperma meinen Körper verlassen; es bleibt nur der Ekel und den ejakuliere ich über meinen Mund in ihr Gesicht.

Ich weiß nicht mehr, was ich alles zu ihr sage und womit ich sie vergleiche, aber ich weiß, dass mir jedes Wort in ein paar Minuten leidtun wird und ich sie tiefer verletze, als ein Mensch das verdient hat. Trotzdem kann ich wie beim Kotzen nicht damit aufhören, bis alles draußen ist.

Danach Stille.

Dann Wahnsinn.

Sie packt das andere Handtuch, das noch auf der Bank liegt, krallt es sich vor die Brust und rennt schreiend damit auf den Gang.

»Hey, warte, das war doch alles …«

Sie kann mich nicht mehr hören, dafür schreit sie viel zu laut und hysterisch. Ich kann nicht genau verstehen, was sie sagt und vermute, dass es sich bei ihrem Gekreische nicht um ausgefeilte oder wenigstens kohärente Satzgebilde handelt, dafür ist der Inhalt sonnenklar: *Vergewaltigung begrapscht Perverser* und Co.

Ich taste mich vorsichtig in Richtung des Gekreisches vorwärts und Marion kommt mir auf halbem Weg kalkweiß entgegen.

Bevor ich etwas sagen kann, fällt ihr Blick auf den dicken Spermafleck auf meiner Hose und mein daneben baumelndes, immer noch halb erigiertes Glied und in diesem Moment weiß ich, dass es nichts, aber auch gar nichts gibt, was mir in irgendeiner Weise helfen könnte, da wieder rauszukommen.

Dieses Mal gibt es direkt das Gespräch in ihrem Büro und danach Polizei und den ganzen anderen Kram. Anzeige, Verhör, Fingerabdrücke, das selbstzufriedene Grinsen von Bully und Harry, die natürlich von Anfang an gewusst haben, was für einer ich bin und mir ankündigen, mich und mein Leben ab jetzt genau unter die Lupe zu nehmen. Auch der Fall Sybille wird wieder aufgerollt, alles noch mal durchkauen, erneute Zeugenbefragungen – dieser ganze Rummel ist der letzte Tropfen, der das berühmte Fass zum Überlaufen bringt.

»Tut mir leid, Paul, wir können dich leider nicht weiter beschäftigen.«

Natürlich. Hab 's nicht anders erwartet. Marion ist nur der Überbringer der Entscheidung der Geschäftsleitung, aber an der Art, wie sie Abstand zu mir hält und ihren Körper verschließt, sehe ich, dass auch ihr Vertrauen in mich zu große Risse bekommen hat.

Ich habe ihr in einem langen Gespräch alles genau erklärt und ich glaube, sie würde mir gerne glauben, aber weil sie eine Frau ist, geht das nicht. Wenn es um Gewalt gegen andere Frauen geht, ist das Weltbild von Frauen klar. Und der missglückte Erklärungsversuch, warum ich einen Samenerguss hatte, hat auch nicht gerade geholfen.

Wie soll man so was auch erklären? »Ja, es hat mich angetörnt, dass ich sie so ekelerregend fand.« Das überzeugt niemanden, obwohl Frauen selbst manchmal auf widerliche Dinge wie Schweißgeruch oder in den Mund gekackt kriegen abfahren, ohne dass sie rational erklären könnten, warum. Aber Frauen sind eben Frauen.

Und schlimmer, als in den Mund gekackt zu kriegen, ist für eine Frau vermutlich nur, ins Gesicht gesagt zu bekommen, dass sie hässlich ist und ich glaube, wenn ich die Vermutung äußern darf, ich war nicht der Erste, der das bei der Alten gemacht hat. Eine kurze Zeit als Schönheit im Glanz und viele Jahre Ablehnung und damit eingehender Verfall haben ihr Herz zu sehr verhärtet, als dass sie ihre Anzeige zurückziehen würde, neben dem Begleitproblem, dass sie dann ihr Gesicht verlieren und als Lügnerin dastehen würde, was ja mit nicht unerheblichen juristischen Problemen einhergeht.

So oder so, ich bin am Arsch.

Letzter Tag. Ein pro forma-Tag. Vorbeikommen, Karte abgeben, *Uniform* abgeben, Raum ausräumen. In amerikanischen Filmen tragen die Gefeuerten immer einen Karton mit ihren persönlichen Habseligkeiten aus dem Büro. Hätte ich auch gemacht, wenn der Anlass nicht so ernst gewesen wäre und ich nicht zu traurig, um Witze zu machen. Ich habe gerne hier gearbeitet. Wirklich. Trotz der Godzillas und der Mittelgebirge und der meiner Meinung nach nicht ausreichenden Bezahlung (Masseure kann man gar nicht hoch genug bezahlen!). Und natürlich bin ich traurig, weil ich meine Kollegen auf diese Art und Weise loswerde. Alle, die guten wie die schlechten … Marion, Micha, Nicole …, Nicole. Wenigstens ist sie es, die auf meinem letzten Weg als Wache mit mir patrouilliert. Marion hätte es wahrscheinlich gerne selbst getan, den Delinquenten vor sich selbst und der Versuchung, Gott weiß was zu klauen zu bewahren, aber Marion hat frei. Frei auf den Fidschis. Ich hab ihr also auch noch den Urlaub versaut.

Ich gehe alle Schubladen und Schränke langsam durch, bewusst, um den Moment so intensiv wie möglich zu erleben und um so viele Sekunden wie möglich in Nicoles Gegenwart zu atmen. Ich kann ihre Nähe körperlich spüren, als stünde ich neben einem pulsierenden Energiefeld. Eine Nähe, wie sie sich manchmal kurz vor dem Ende einer richtig guten Behandlung einstellt. Reines Fühlen, Verbindung auf einer Ebene, für die es keine Worte gibt. Wir sagen beide nichts, ich räume, sie steht leise schwankend wie Schilfgras da und duftet vor sich hin. Wie immer. In einem Moment, in dem ich nicht mehr weiß, was ich noch alles in der Schublade hin und her schieben kann, um die Zeit zu strecken, dreht sie sich um, geht zur Tür, schließt sie, schließt sie ab, kommt zu mir und küsst mich. Es ist eine so selbstverständliche Bewegung, dass ich gar nicht auf die Idee komme, mich in irgendeiner Form zu wehren. Seltsamerweise nehme ich in diesem Moment nur den Vorhang vor dem Fenster wahr, der sich, von uns berührt, leise hin und her bewegt, als ginge ein Windhauch durch den Raum.

Die Zeit danach ist wie ein Tuch aus Seide.

Ich verstehe es nicht. Ich verstehe es echt nicht. Also, natürlich verstehe ich es irgendwie, aber irgendwie auch nicht. Als wir fertig sind, zieht Nicole sich an, sieht mir stumm dabei zu, wie ich dasselbe tue, sieht mir genauso stumm zu, wie ich meine Habseligkeiten - ein Handtuch, ein lausiges Handtuch! - zusammenrolle und unter den Arm klemme, begleitet mich zur Tür und lässt mich ohne ein Wort des Abschieds gehen. Als wäre das, was wir miteinander hatten, eine reine Formalität gewesen, ein zum Vollzug des Scheidens erforderliches Ritual, emotionslos, pragmatisch, protokolliert.

Aber das war es nicht. Es war ... es war richtig. Urgewaltig, vollendet, klangvoll und majestätisch. Wie eine einzelne Perle, die in einen Bergsee fällt und einen einzigen Kreis anstößt, der sich aber kilometerweit durch die Wassermassen bewegt.

Und wenn die Perle den Grund erreicht und den Felsen berührt, ist es, als würde ein Gong in der Mitte der Erde geschlagen und die Vibrationen das komplette Gebirge ringsum zum Einsturz bringen. Ein bisschen blumig, aber in etwa so war es; Ursprünglich, archetypisch, göttlich. Etwas in uns hat sich gegenseitig berührt und verbunden.

Ich bitte um Verzeihung wegen der Worthülsen, es ist nur einfach so, dass es etwas Unbegreifliches war und plötzlich und abrupt geendet hat und das hat sich so gar nicht richtig angefühlt.

So, als falle man aus dem Fenster und realisiere bei der Hälfte des Falls, dass der letzte Schritt vor dem freien Fall in die falsche Richtung ging und der Rückweg deutlich schwieriger wird als die Strecke bis dahin.

So in etwas meine ich das.

Außerdem habe ich ja jetzt Zeit. In der Zeit finden die Gedanken das Feld, um sich ungehindert auszubreiten. Und quer durch meine Gedanken scheint auch noch die Sonne. Im Grunde die ideale Saison, um arbeitslos zu werden: Sommer, Wärme, blühende Landschaften. Ich bin sicher, mehr als die halbe Bevölkerung träumt von Freizeit, wenn sie von ihrer Arbeitsstelle aus durchs Fenster in den blauen Himmel sieht. Aber raus gehen und in der Sonne liegen macht keinen Spaß, wenn man weiß, dass man es sich eigentlich nicht leisten kann.

»Und, schon was Neues?«

»Drei Absagen, sonst nichts.«

»Bleib dran, das wird schon.«

Bewerbungen konnte ich noch nie leiden und wahrscheinlich merkt man das auf der Empfängerseite. Ein Gutes hat die Sache allerdings, ich habe Zeit, um mit dem Marèchal Blödsinn zu machen.

Trotz seiner nach außen getragenen Trägheit lässt er sich leicht begeistern, und weil er so konfliktscheu ist, gibt er nur selten Widerworte. Dabei hat er sonst alles, was einen guten Schweizer ausmacht: Er ist zuverlässig, belastbar und Österreicher.

Wenn er Höhen erklimmt, fängt er gerne an zu singen. Was in den Alpen aufgrund des stets übertriebenen Gesangslautstärkepegels des Marèchals gewöhnungsbedürftig ist, ist in der aktuellen Situation mehr als unpassend – wir hängen an der Außenwand unseres Hauses, direkt vor dem Wohnzimmerfenster des Anwalts.

»NIEE MÄÄHR ZWAITE LIGA, NIE MÄ…«

»Psst, Schluchti, sei still! Hast du den Verstand verloren?«

In Ermangelung eines besseren Plans und der Verweigerung technischer Unterstützung aus dem Dritten Reich zum Trotz, haben wir uns für die sportliche Variante entschieden.

Wie erwähnt befindet sich direkt über unserer Wohnung der Balkon des Anwalts, von unseren Fenstern aus kann man die Stützbalken schon berühren. Der Rest ist eine Frage des Könnens – und wir können 's – und guter Ausrüstung.

Direkt darüber, versteckt und nahezu unsichtbar, die kleine Wohnung über der Wohnung des Anwalts – die Wohnung des Geistes.

Die entscheidenden Punkte zum Erfolg unseres Unternehmens sind natürlich die Blindheit und das wohl auch beeinträchtigte Gehör des Anwalts, sonst wäre die Kletterei etwas mehr als ein Anschlag auf gute Nachbarschaft. Wenn man es auf die Situation im Zweiten Weltkrieg runterbrechen will, veranstalten wir gerade unsere eigene Landung in der Normandie. Dass der Marèchal jetzt anfängt zu singen ist also in etwa so, als hätte Roosevelt einen Brief an den Führer geschrieben, in dem er darum bittet, seine Soldaten am Strand mit einer Limo abzuholen.

»Aach, der hört doch eh nichts. Pass auf: WIR WOLLEN HÜPFEN, HÜPFEN, HÜP…« Passend zum Grundtakt fängt der kleine Kletterknecht an, wie ein Affe am Außengitter des klapprigen Balkons hängend sein gesamtes Körpergewicht auf und ab zu werfen. Der Balkon fängt bedenklich an zu schwanken, und alles, was an ihm dran hängt, ich, meine gute Laune und diverse Kletterpflanzen, ebenfalls.

Außerdem macht das die Leute auf der Straße auf uns aufmerksam.

Damit uns nicht nur nicht der Anwalt, sondern auch sonst niemand sieht, machen wir das Ganze natürlich am Spätabend; da ist es dunkel und die natürliche Versteckfunktion der beiden Balkone wird optimal unterstützt. Dazu kommt, dass man uns aus einem erleuchteten Raum heraus schlecht sehen kann, während wir einen umso besseren Blick nach innen haben.

Auf der Minusseite steht natürlich, dass der Anwalt vermutlich zu Hause ist und der Geist, falls er sich als Mensch entpuppt, uns für Einbrecher auf seinem Balkon halten und mit seiner abgesägten Schrotflinte von selbigem herunterpusten könnte. Aber: No risk, no fun. Wenn jetzt allerdings mehrere Passanten die Polizei rufen, weil sie Spiderman und seinen kleinen Begleiter entdeckt haben, kommen wir in Erklärungsnot.

Doch es passiert nichts. Der Balkon stürzt nicht ab, der Marèchal gibt nach einem liebevoll gemeinten Schlag auf seine Birne Ruhe und die Menschen unten auf der Straße gehen weiter, als wäre nichts passiert. Die Versteckfunktion des Balkons funktioniert tadellos. Wir müssen das Hitler mal ausmessen lassen, ob man das nachbauen kann.

Auch der Anwalt wirkt nach wie vor nicht so, als käme es noch zu einem Kriegsbeitrag von seiner Seite.

Selbstzufrieden schaut mich der Marèchal an, als wir uns auf dem Anwaltsbalkon kurz ausruhen und ihm durch sein großes Panoramafenster dabei zusehen, wie er die Fernbedienung seiner Musikanlage sucht, die vermutlich seine Putzfrau in den kleinen Kaktus gesteckt hat, neben dem wir gerade stehen. Ich kann den Marèchal nur durch einiges Überreden zurückhalten, die Fernbedienung zum Anwalt reinzubringen. Er sagt, das wäre nur fair und ich sage, die Höhenluft bekäme ihm nicht. Wir einigen uns auf einen Kompromiss und legen sie auf den kleinen Tisch, auf dem der Kaktus steht, an eine gut erreichbare Stelle, nämlich direkt auf die Ecke. Mit etwas Glück schmeißt der Anwalt sie nicht erst runter und tritt dann drauf.

Das Schwierigste haben wir geschafft, als wir sicher auf dem großen Balkon angekommen sind. Da der kleinere des Geistes direkt über diesem liegt, fallen wir gegebenenfalls nicht so weit und können dort immer noch die Scheibe einschlagen, um auf uns aufmerksam zu machen. Dennoch spüre ich, dass ich, als wir anfangen, uns an den Trägerbalken des kleinen Balkons hoch zu ziehen, deutlich mehr zittere als vorher.

Dem Marèchal ist keinerlei Anstrengung anzusehen. Weder physisch, noch psychisch, das verrät mir ein Seitenblick auf ihn und dass ich in diesem Moment mit der einen Hand abrutsche, ermahnt mich, mich besser auf die Kletterei zu konzentrieren.

Vor allem, weil es dunkel ist.

Vor allem, weil es oben dunkel ist.

Idiotische Bilder aus Horrorfilmen suchen sich den denkbar ungünstigsten Moment aus, in Erscheinung zu treten. Die Balken des kleinen Balkons sind deutlich morscher als die seines großen Bruders und in dem Gebälk sind auch viel mehr kleine Beine unterwegs, die über meine Hände und Arme krabbeln. Widerlich und unheimlich. Es ist, als näherten wir uns einem lebenden Organismus, etwas Düsterem, Verfaultem, in dessen Venen und Adern kein Blut mehr fließt, sondern Insekten, Würmer und Fledermäuse krabbeln.

Wir erreichen sicher den Balkon und atmen durch. Hinter uns die Wohnung, vor uns das morsche Geländer und weit dahinter die Stadt – unsere Stadt. Hier oben zu stehen fühlt sich an, wie König zu sein und über seine Ländereien zu blicken. Stilecht müssten wir auf einem Pferd sitzen. Ich könnte auf den Marèchal klettern …

Bevor das geschieht, hören wir ein seltsames Geräusch. Etwas wie ein langgezogenes Knarzen. Der Laut treibt uns den Schweiß aus den Poren: Der Geist, er kommt. Atemlos versuche ich, komplett stillzustehen. Für den Fall, dass er auf Bewegung reagiert. Ich lausche in die Schwärze hinter uns. Nichts zu hören, mein Herz pocht zu laut. Das Blut rauscht mir in den Ohren und meine Sicht verschwimmt. Ich drehe den Kopf langsam, ganz langsam zum Marèchal. Auch er fühlt sich sichtlich unwohl, was man aber nur erkennen kann, wenn man ihn gut kennt; für einen Außenstehenden sieht er sicher immer noch so aus, als leide er an Gesichtskoma. Unsere Augen treffen sich, wir nicken uns unmerklich zu und drehen uns langsam um.

Vor uns die dunkle Fensterscheibe. Wie ein Teich, der vertikal in der Luft hängt und aus Glas, Beton, Stahl und einigen Möbeln auf seinem Grund besteht.Was jetzt? Umsonst hier hochgeklettert zu sein wäre doof. Wir stehen zögernd auf dem zugigen Balkon, als das Geräusch von eben plötzlich wieder zu hören ist. Dieses Mal klingt es nicht mehr so sehr wie ein Knarzen, eher wie … ein Stöhnen?! Wir halten beide den Atem an und lauschen. Eine ganze Weile passiert nichts, dann hören wir ein Schleifen, als würde etwas Schweres über den Boden gezogen. Ich merke, wie ich kreidebleich werde. Ein Teil von mir will die Balkontür eintreten, rein gehen, das Licht anmachen und dem Spuk ein Ende bereiten. Der wesentlich größere Teil würde lieber über das Geländer springen. Besser Matsch, als von einem Geist um den Verstand gebracht.

»He, was machen wir jetzt?«, flüstere ich. Vielleicht weiß der Marèchal eine Lösung.

»Hm«, macht selbiger und tippt mit dem Finger die Balkontür an. Sie schwingt auf.

Er grinst: »Nach Ihnen.«

Drinnen riecht es faulig und nach Spinnweben. Die Dielen knarzen. Groß kann die Wohnung nicht sein. Ich rechne bei jedem Schritt aus, in wie vielen Sätzen ich wieder auf dem Balkon sein könnte. Spinnweben wie Hitlerhaare verfangen sich in meinem Gesicht. Wir bleiben in der Mitte des Raumes stehen und lauschen. Nichts. Komplette Stille. Die Einrichtung um uns herum ist altmodisch, aber ein ganz normales Wohnzimmer, eine Couch, ein Tisch, eine Kommode. Mehr kann man in dem schwachen Schein, der von draußen herein kommt, nicht erkennen. Wir hätten wenigstens an Taschenlampen denken können. Ich sehe den Marèchal an. Er nickt. Also langsam weiter. Wir tasten uns zur Tür vor. Wenn es unsere Wohnung wäre, müsste dahinter ein Multifunktionsflur liegen. In der Wohnung des Anwalts dagegen gibt es keinen Flur. Sie ist so geschnitten, dass man beim Reinkommen so gut wie direkt im Wohnzimmer steht, dafür ist bei ihm die Küche auf der anderen Seite. Wir erreichen die Tür. Genau in dem Moment, als meine Hand die Klinke berührt, zischt ein scharfes Geräusch unter dem Türspalt durch und entfleucht in die Dunkelheit hinter uns.

Wir zischen mit. Eine Millisekunde später stehen der Marèchal und ich schon wieder auf dem Balkon und haben die Hände am Geländer. Leider geht es nur bis dahin so schnell. Die Balustrade wirkt plötzlich unangenehm niedrig. Alleine der Gedanke, da jetzt erst ein Bein und dann Stück für Stück den ganzen Körper in die Nachtluft zu schmeißen, lähmt meine Glieder und mein Denken. Dem Marèchal geht es ähnlich.

Wir atmen durch.

»Was, meinst du, war das?«

»Klang wie ein Klirren. Vielleicht ein Bierkasten?«

Ein Bierkasten. Na, dass ich da nicht drauf gekommen bin! Idiot.

Auf der anderen Seite ... es klang wirklich ein bisschen wie Flaschenklirren. Ob Hitler einen Alleingang mit seiner Monsterkamera und SS Onar gestartet hat? Der Gedanke an Hitler und seinen Egoismus legt einen Schalter um.

»Ok. Jetzt reicht 's!«, sage ich, drehe mich um, gehe schnurstracks zurück zur Tür, reiße sie auf und ...

Hinter der Tür erstreckt sich tatsächlich ein Flur, anders als unserer ist er jedoch komplett leer, bis auf einen abgelaufenen Läufer. Schade. Ein wenig hatte ich sogar auf Hindernisse gehofft, im Stile von dem großen runden Felsen aus *Jäger des verlorenen Schatzes* zum Beispiel. Das kenne ich sogar aus meinem (Ex-)Alltag. Ein dicker Gast, die üblichen Fragen: »Warum tut mein Rücken denn so weh?« »Na, er ist halt verspannt.« »Und was kann man dagegen tun?« »Rückengymnastik. Und weniger essen.« Und schon rollen sie von der Liege und jagen einen durch die langen Gänge wie Indiana Jones durchs Tempellabyrinth.

Hier ist aber kein Stein, kein Labyrinth. Den Läufer kann man gut erkennen, denn der Flur ist hell erleuchtet von der Lampe in der Küche. Und in der Küche steht –

»Fred!«

»Oh, hallo Jungs, wollt ihr ein Bier?«

Ich weiß nicht, was grotesker ist: Die Tatsache, dass Fred da ist, die Tatsache, dass wir da sind oder die Tatsache, dass Fred anscheinend kein bisschen über unser Auftauchen überrascht ist, während ich mir inzwischen sicher bin, dass in unserem Haus etwas gewaltig nicht mit rechten Dingen zugehet.

Wir sitzen wieder mal nach einer Entdeckungsexpedition mit Fred in einer seiner Küchen und trinken ein Bier mit ihm, während er uns die Welt erklärt.

»Ja, klar, die Dachgeschosse des ganzen Blocks hier hängen zusammen. Hat man euch das beim Einzug nicht gesagt?«

Der Marèchal und ich sind zu baff, um uns daran zu erinnern oder eine aussagekräftige Antwort zu geben.

»Äh … wohl nö«, ist alles, was wir heraus bringen.

»Na, dann muss ich mal ein Wort mit dem Vermieter reden.«

Wir nippen alle an unserem Getränk.

»Das ist ja echt 'n Ding«, murmelt der Marèchal vor sich hin.

»Und was machst du hier?«, frage ich Fred.

»Na«, er macht eine weit ausholende Geste, »Getränke lagern …«

Unsere Blicke folgen seiner Handbewegung. Tatsächlich, statt Regalen und Arbeitsflächen stapeln sich Kisten an den Wänden. Kisten mit Bier, Limo und Cola und … »und Pornos.«

Es ist, als hätte ich grauen Star, der gerade geheilt würde und nähme die Welt nur stufenweise wahr: Ein großer Fernseher, ein DVD-Player, die bequemen, leicht nach hinten geneigten Sessel, in denen wir sitzen, die große Box Taschentücher, der Zigarettendunst in der Luft …

»Das sieht aus wie eine Wichshöhle!«, stellt der Marèchal fest.

»Genau!«, grinst Fred zurück. »In der WG hatten wir keinen Raum übrig, also kommen wir, wenn wir Bock haben, hier hoch. Es ist der letzte Abschnitt im Rund, hier ist man am ungestörtesten. In den anderen Dachgeschossen haben wir einen Whirlpool, ein ›jugendfreies‹ Kino, einen Billard- und Kickerraum – was man so als Student braucht.«

Ich bin fassungslos! Weil da eine Parallelwelt über unseren Köpfen existiert, von der keiner bei uns etwas geahnt hat; weil anscheinend jeder aus dem Block bei uns im Haus ein und aus gehen kann; weil das klebrige an der Sessellehne, das ich für Torten- oder Zuckerguss gehalten habe, vermutlich weder das eine, noch das andere ist. Ich suche etwas zum Abwischen und nehme dann in Ermangelung einer besseren unauffälligen Alternative doch den Pulloverzipfel vom Marèchal.

»Und wie, … aber, ich meine … wieso dürft ihr das alles hier? Wir zahlen doch auch Miete, wir sollten wenigstens Bescheid wissen, wenn nicht sogar mitbestimmen, was mit unserem Dachgeschoss passiert!«

Fred steckt sich eine Kippe an, bläst den Rauch in die Mitte zwischen uns und sagt: »Nee, das wär nix, dann gibt es nur Streit und Diskussion. Das ist schon besser, wenn da nur eine Partei rumbestimmt.«

Mann, wenn Hitler hier wäre, gäbe es ein Blutbad.

»Aber, versteh mich nicht falsch, warum ausgerechnet ihr?«

»Na ja, wir sind alle Brüder und unser Vater ist: …«

»Der Vermieter!«

»Bingo.«

Abgefahren.

»Deswegen vergessen wir wahrscheinlich immer, den anderen Mietern hier Bescheid zu sagen. Oder so. Ist wohl eh besser und wer bei mir in der WG wohnt, kommt kostenlos rein. Also, Jungs, steht ihr mehr auf Lesben- oder auf Straßenfickpornos?«

Es ist ein anderes Treppenhaus, in das der Aufzug an diesem Abend, sehr spät und um ein paar Eiweißeinheiten leichter, den Marèchal und mich ausspuckt. Also, es ist natürlich immer noch dasselbe, aber es ist irgendwie nicht mehr dasselbe Haus wie vorher. Bisher dachten wir, wir wären die uneingeschränkten Herrscher, wenigstens in unserer Hütte und wenigstens in den Stockwerken über 'arry. Und dann Fred. Fred ist hier der Herrscher. Seine WG entpuppte sich im Lauf des Abends als seine eigene Wohnung, weil seine Brüder sowieso nie da sind, und er untervermietet sie zu Spottpreisen an bedürftige Studentinnen, weil er ja sowieso keine Miete zahlt.

So ein Bastard. So ein moralisch verwerfliches Objekt! Nimmt sich einfach was er will, obwohl wir alle gerne genau dasselbe hätten und es trotzdem nicht bekommen. Stattdessen lebe ich hier mit Hitler und einem haarigen Italiener und einem nicht weniger haarigen Österreicher, von den Haaren Hitlers ganz zu schweigen und dieses wandelnde Bündel aus Keratin fickt auch noch die einzige Frau bei uns im Haus. Die zweiteinzige, Sveta ist ja noch da, aber die fickt der ebenfalls haarige und schwitzig-stinkende Franzose. Verdammt, was mache ich falsch? Und dann Freds überhebliches Grinsen. Auf die Frage, warum er nicht im Fronthaus, in der ersten Adresse, wohnt, fragte er nur gelangweilt: »Schlaft ihr gut?«, worauf unisono ein: »Nein« aus unseren Gesichtern kam und sein folgendes: »Seht ihr?«, war so gehässig, dass ich ihm am liebsten einen seiner Pornos quer in den Mund gesteckt hätte. Wer braucht schon Schlaf, verdammt, alles super so, ICH BIN DIE RUHE IN PERSON!!!! AAAAAAAAAAAAAAAAAAARGH!

Ich muss jemanden beißen oder irgendetwas zerbrechen!

Leider tut mir niemand den Gefallen, mir in die Quere zu kommen und in meinem Zimmer ist nicht genug Zeug, als dass ich etwas entbehren könnte. Die Scheibe einzuschlagen würde helfen, aber dann hätte ich die ganze Nacht den Autolärm UND ICH HASSE AUTOLÄRM!

Verdammt, verdammt, verdammter Fred. Ihm den Schädel einzuschlagen würde auch helfen. Stattdessen liege ich auf meinem Bett und warte, dass die Wellen der Aggression in mir abklingen. Keine Kraft, irgendetwas Schweres hochzuheben, zu viel gewichst. Wichsen würde auch nichts helfen, weil vorheriger Satz. Bleibt nur liegen und abwarten. »Leben ist: Einatmen, ausatmen«, sagen die Yogis. Leben ist warten. Beides dasselbe. Einatmen, ausatmen, geht alles irgendwie vorbei.

Als ich so da liege, sehe ich einen geringelten Schwanz zwischen den Ästen des Baumes vorm Fenster hin und her huschen.

Siedend heiß fällt mir ein, was ich nicht mit aus dem Institut genommen habe: meine Affen. Wo waren sie an dem Nachmittag? Egal, sie scheinen einen Weg aus der Kabine gefunden zu haben. Erst ist es nur ein Schwanz, der draußen hin und her hüpft, aber beinahe im Sekundentakt werden es mehr. Ich stehe auf, gehe zum Fenster und öffne es. Wildes Gekreische hebt draußen an, die Tiere rütteln an den Ästen, reißen die Blätter ab und werfen sie durch die Gegend. Ich gehe einen Schritt zur Seite und mache den Weg frei. Einer nach dem anderen springt durch die Öffnung in mein Zimmer. Sie sammeln sich oben in den Ecken, hängen sich dort ein wie Fledermäuse und ich weiß – ab jetzt bin ich nie mehr allein.

1944

Der Marèchal ist tot.

In gewisser Weise. Er ist ausgezogen, aber jeder, der nicht mehr hier wohnt, stirbt auf eine Art.

Bis auf Mok vielleicht, den haben wir abgeschoben, ein tröstlicher Gedanke. Aber der Marèchal wird hier fehlen.

Es kam wie immer ganz plötzlich. Natürlich wusste ich, dass er seine Ausbildung beendet und für nach den Sommerferien einen Job gesucht hat. Natürlich wusste ich, dass die Chance besteht, dass er in einen anderen Stadtteil oder in einen Vorort muss, vielleicht sogar in eine andere Stadt, Lehrer können sich das nicht immer aussuchen. Und ich wusste auch, dass *nach den Sommerferien* automatisch *in den Sommerferien* heißt, weil danach ja direkt die Schule losgeht. Ich dachte einfach, wir hätten mehr Zeit. Aber eines Morgens beim Frühstück sagte er: »Ich ziehe nächste Woche aus. Hitler hab ich schon Bescheid gesagt.«

Einfach so. Es war so endgültig, dass ich nichts weiter sagen konnte als: »Ok«

Und das war es gewesen.

Ich habe ihn nicht gefragt, wohin er geht. Er ist weg, das ist alles, was zählt. Am Tag seines Umzugs habe ich ihm geholfen, seine Sachen runterzutragen, dann haben wir uns die Hand gegeben und er ist der Schneekönigin in eine Welt gefolgt, die außerhalb derjenigen liegt, die für mich möglich ist.

Zurück geblieben sind eine Leere und das Groteske an sich.

Hitler hat sich nämlich zu einem Jobwechsel entschlossen und möchte nun ebenfalls Lehrer werden. Das bedeutet, dass er seit Beginn der Sommerferien die ganze Zeit hier wohnt und auch noch die meiste Zeit tagsüber da ist, denn in den sechs Wochen macht er nichts. Das alleine wäre schon grässlich genug, aber viel schlimmer ist, was Hitler im Alleingang für das österreichische Zimmer beschlossen hat: Eva zieht dort ein. Verrückt. Als sie noch die Dimensionen eines Kleinlasters hatte, haben sich beide in ein winziges Zimmer gequetscht und jetzt, wo man sie handlich neben den Besen in die Ecke stellen könnte und zwei tolle Türstopper hätte, bekommt sie ein eigenes Reich. Finanziert von Hitler und dem Rest der WG, denn Hitler hat für den Italiener und mich einfach mal die Miete erhöht. Ich meine, es ist immer noch günstig für die Lage, aber trotzdem eine Sauerei. Und typisch Hitler. Der Mann, der sich an keine Abmachung hält. Hitler begründet seine Entscheidung damit, dass er für sein Referendariat nun mal Platz braucht und dass die Miete für uns alle sowieso viel zu günstig gewesen sei, er zahle jetzt schließlich auch mehr, was aber daran liegt, dass er seine Freundin finanziert.

Auf das Argument, dass ich nichts für seine Freundin kann, sagt er, dass das so nicht ganz stimme, wir die WG ursprünglich doch sowieso zu zweit haben wollten und jeder noch unter dem Preis liege, den wir dafür hätten zahlen müssen. Als ich zu bedenken gebe, dass die Wohnung nur für uns beide, zumindest für mich, viel zu teuer gewesen und ich mit ihm alleine nicht hier eingezogen wäre, sagt er, dass ich das nicht beweisen könne. Also wohnt Eva ab jetzt *richtig* hier. Die Hölle.

Eigentlich ändert sich nicht viel, außer, dass Hitlers sich tagsüber, wenn sie nicht gerade im Schwimmbad rösten, in verschiedenen Zimmern aufhalten. Aber Eva wohnt jetzt hier und als vollwertiges Mitglied, hat sie (theoretisch) ein paar Pflichten. Putzen zum Beispiel. Bisher ist es so, dass ich putze, Hitler ankündigt, er würde putzen, sobald er mehr Zeit habe (nie) und der Italiener alles dreckig macht. Ich will ihn nicht putzen lassen, weil ich ihm nicht zutraue, die Wohnung dabei nicht noch dreckiger zu machen. Hitler dagegen kann »richtig« putzen, ich hab es einmal erlebt. Das Grundproblem ist, dass er seine Zeit als zu schade ansieht, um sie mit Putzen zu verbringen. Auf das Argument, dass Putzen etwas ist, das man nicht diskutieren oder ignorieren kann, hat er sich immerhin, wie oben erwähnt, bereit erklärt, zu putzen, sobald sein Zeitplan es zulässt, also in etwa in Intervallen von drei bis sechs Monaten. Die Tatsache, dass er gerade nicht arbeitet, tut er mit der Belehrung ab, dass er sich für das Referendariat vorbereiten müsse und es klingt ein wenig wie von oben herab.

Eva putzt nicht.

Auf meine, in einem mutigen Moment forsch vorgebrachte Forderung an Adolf, seine Frau möge auch mal den Schrubber schwingen, sagt er: »Das hab ich schon mal mit ihr besprochen, sie hat dazu eine andere Einstellung.« Welche das ist, weiß er nicht, aber für ihn ist das ein Argument, deswegen gibt 's da nichts weiter zu diskutieren.

Gut. Putzen wir eben nicht mehr.

Binnen einer Woche sind die Badewanne, das Waschbecken und große Teile des Fußbodens schwarz.

Als ich Hitler darauf hinweise, vermutet er, dass wir einfach verschiedene Auffassungen von Sauberkeit haben.

Eine weitere Woche später haben wir zusätzlich dicke grüne Ränder in den Fazilitäten, die mit Wasser zu tun haben, Spinnweben und Wollmäuse, die so groß sind, dass sie einen kleinen Hund verschlucken könnten. Lediglich der Küchenboden ist sauber, denn Hitler kann Unordnung in der Küche nicht haben, darin ist er penibel. Das mit dem Küchengeräte-Wegräumen habe ich ihm erfolgreich ausreden können, aber bei dem Boden kennt er nichts.

Als Reaktion darauf nehme ich mir eines Tages, als ich besonders schlecht gelaunt bin, die Wohnung vor, kratze alles an Dreck zusammen, was man zusammenkratzen kann, und verlagere es auf den Küchenboden. Ich habe erst Lust, alles direkt auf seinem Schreibtisch abzuladen, um die Geste noch ein bisschen deutlicher zu machen, hebe mir das aber für den Fall auf, dass die Operation *Küchenboden* nicht zieht.

Eva kommt als Erste in die Küche und bekommt einen Schreikrampf. Es kommt zum Eklat. WG-Sitzung Nummer zwei. Der Marèchal fehlt irgendwie. Es sitzen nur Hitler und ich in der Küche und starren uns böse an. Auf die Frage, was das alles soll, erkläre ich Hitler mein Problem, vor allem, dass Eva keinen Finger rührt, nicht beim Putzen und auch sonst nicht und nicht mal Anstalten dazu macht.

Hitler wirft mir vor, dass ich mit ihm darüber hätte reden sollen, ehe ich so was mache, worauf ich erwidere, dass ich mit ihm geredet hätte.

Er kann sich nicht erinnern, obwohl das Ganze gerade mal drei Wochen her ist.

Durch viel gutes Zureden gelingt es mir, ihn dazu zu bringen, zuzugeben, dass ich den Satz: »Ich will, dass Eva putzt!«, gesagt habe, aber da es seiner Meinung nach nicht in einem offiziellen Forum, also bei einer richtigen Sitzung geäußert wurde, hatte der Satz keine Gültigkeit. Aha. Ich frage ihn, was unsere damalige Situation von der jetzigen unterscheide, denn, wie man sehe, seien wir die Sitzung und daher immer irgendwie offiziell, wenn wir zusammen sitzen, aber er hat darauf natürlich auch eine Antwort, nämlich, dass die Sitzung nicht als Sitzung angekündigt worden wäre und damit ungültig sei und das ist sein letztes Wort.

Das Ganze toppen kann nur Eva, die kurz danach mit hochrotem Kopf in die Küche gestürmt kommt und mich anschreit, wie ich es wagen könne, so über sie zu reden, ohne vorher mit ihr zu reden.

Nett wäre ja ein: »Danke, dass ich jetzt schon ein Jahr ohne Miete hier wohne und euer Wasser, euren Strom und eure Nerven verbrauche und sorry wegen des Putzens, das hab ich irgendwie nicht auf die Kette bekommen, aber das wird jetzt besser!«, gewesen, oder wenigstens eine Packung Kekse. Stattdessen habe ich wohl irgendetwas falsch gemacht oder Hitlers sind total wahnsinnig. Hm, schwere Entscheidung. Ein Verdacht beschleicht mich, dass Eva gar nicht asozial, sondern einfach dumm ist und Hitler irgendwie damit angesteckt hat, denn früher fand ich ihn cooler. Vielleicht war ich aber auch zu begeistert von seinen Fähigkeiten und seiner Ausstrahlung und habe den Wahnsinn nicht wahrgenommen, so was Ähnliches soll in Deutschland schon mal vorgekommen sein.

Ab da ist die Stimmung in der Wohnung jedenfalls im Eimer und was das Schlimmste an allem ist, obwohl ich sie – wirklich und zutiefst – verachte: Jeden Tag stehe ich mehr auf Eva.

Ich beschließe, erste Vorstöße zu wagen. Eva hat ein Schlaf-T-Shirt von fcuk mit dem genialen Aufdruck: »I'd fcuk me.« Gott sei Dank gibt es jede Menge findiger T-Shirt-Sprücheerfinder im Netz und nach einigem Suchen stoße ich auf ein Shirt mit der Antwort: »I'd fcuk u 2.« Ein UK-Import, nicht gerade billig und alleine von den Zollgebühren hätte ich mir wahrscheinlich auch noch eine fcuker Hose dazu kaufen können, aber die Idee ist mir den Aufwand wert. Ich warte einen Morgen ab, an dem Hitler bereits das Haus verlassen hat und Eva alleine am Küchentisch frühstückt. Von meiner Zimmertür aus kann ich sie über eine schimmernde Fläche im Multifunktionsflur unbeobachtet ausspähen. Sie löffelt lustlos ihre Industriecornflakes mit Magermilch in sich rein und hat wie von wohlwollenden Geistern in Szene gesetzt ihr fcuk-Shirt an. Perfekt. Ich streife mein Pendant dazu über. Mit einem gemurmelten »Guhn Mong« setze ich mich vor sie und löffele ebenfalls betont lustlos meine Bio-Cornflakes-Müslimischung in mich rein, ohne sie anzusehen, also Eva. Neben uns rumpelt die Spülmaschine lustlos als Dritte im Bunde vor sich hin und gibt nach kurzer Zeit mit einem kleinen, aber lustlosen, *Bing* das Signal, dass man sie ausräumen kann, wenn es keine Umstände macht, es ihr aber im Grunde egal ist, da sie sich als mechanisch-elektrischer Mechanismus in einem Kreis von Organsäcken sowieso deplatziert fühlt.

Eva rührt sich nicht; vermute ich. Ich vermeide nach wie vor jeden Augenkontakt. Trotzdem spüre ich ihre Blicke auf meiner Brust. Blicke von unglaublicher Intensität, ich kann förmlich spüren, wie sich ihre Aufmerksamkeit durch den T-Shirt Stoff in mein Fleisch brennt, durch es hindurch geht und mir den Rücken zerkratzt. Scheiße, der Gedanke bringt mich zum Grinsen, dabei ist es essentiell, völlig ernst und cool zu bleiben, Frauen interessieren sich prinzipiell nur für Männer, die sich nicht für sie interessieren und offiziell tue ich das ja für sie kein bisschen. Es funktioniert, Eva fängt an, auf ihrem Stuhl hin und her zu ruckeln. Sie wird nervös oder geil oder beides, bestimmt fällt sie mich gleich an. In der Tatsache, dass sie mich vor ein paar Tagen leidenschaftlich angeschrien hat, kann ja selbst der Laie erkennen, dass in ihr ein Orkan bezüglich Meinereiner tobt. Sie steht auf, stellt ihr Geschirr in die Spüle und verlässt mit einem halbherzigen »Bis dann« die Küche.

Bis dann? Ey Alte, du könntest auch mal die Maschine ausräumen!

Sollte ich laut sagen, traue ich mich aber nicht. Beziehungsweise, es würde meine Coolheit zerstören, weil ich mich dann garantiert aufrege. Wie kann man möglichst cool sagen, dass jemand die Spülmaschine ausräumen sollte, am besten nackt? Auf jeden Fall ist zu langes Nachdenken ineffektiv, denn Eva ist schon lange weg, bevor ich eine Lösung dafür gefunden habe. Ich könnte natürlich bei ihr klopfen, mich männlich am Türrahmen räkeln und ihr in meiner tiefsten Stimmlage nahe legen, die ihrem Geschlecht von Gott bestimmten Aufgaben wahrzunehmen.

Andererseits sollen ja alle Frauen Nutten sein, wahrscheinlich erwartet sie irgendeine Art von Bezahlung bevor sie sich mir hingibt, also vielleicht sollte ich die Sachen spülen und dann verhandeln? Irgendwie geht mir das gegen meinen Stolz. Da kommt mir die Idee für einen genialen Ausweg. Ich klingele nach einem meiner Affen. Soll der doch das Geschirr spülen, dann hätte ich ihr einen Gefallen getan, ohne eine Finger dafür krumm zu machen. Und dazu ein bisschen Herrenmensch heraushängen lassen! Ich klingele noch mal. Keiner da. Ich pfeife, aber Affen sind wie Katzen oder Krähen: Sie kommen wann sie wollen oder wenn etwas glitzert.

Außerdem, wird mir beim Warten klar, würde Eva gar nicht mitkriegen, dass nicht ich, sondern der Affe das Geschirr zerdeppert und dann gespült hat, das Ganze ginge also an seinem eigentlichen Sinn vorbei. Ich brauche einen neuen Plan. In dem Moment geht die Tür der Maschine von selbst auf. Macht sie manchmal, will eben auch mal was sagen, das Kind. In einem Anfall von Genialität packe ich Evas und meine Sachen in die fertige Spülmaschine und stelle sie erneut an, allerdings nicht ohne mir vorher am heißen Dampf noch das Gesicht zu versengen. So hab ich beides getan: Hitlerine geholfen und sie bestraft zugleich, denn ich räume die Maschine nachher mit Sicherheit nicht aus.

Es ist Abend, ich räume die Spülmaschine aus. Hitler war etwa zweikommadrei Sekunden in der WG, hat ein: »Bin schon wieder weg, wir sind am Wochenende zelten«, in den Multiflur geworfen und ist postwendend mit Eva verschwunden. Wo unser Italiener steckt, weiß ich nicht. Er kommt selten vor Mitternacht nach Hause und erzählt am nächsten Vormittag gerne, wo er war und mit wem, aber da das fast ausschließlich Italiener sind und sie immer in dieselben italienischen Kneipen gehen und er nach wie vor kein einziges Wort Deutsch spricht, habe ich irgendwann aufgehört, ihm zuzuhören. Integration für den Hintereingang. Trotzdem, der Kerl ist nett. Als er um halb eins nach Hause kommt und ich einen meiner Affen kraulend in der Küche hocke und mir einen späten Happen hinter die Kiemen schiebe, mokiert er sich keine Sekunde über das anwesende Tier, sondern fragt höflich what up is und dann, ob ich mich am Tag zu lange gesonnt hätte, denn mein Gesicht ist vom Spülmaschinenanfall mittlerweile angeschwollen und pumpt leise vor sich hin.

Er ist kein Marèchal, aber trotzdem angenehme Gesellschaft für die dunklen Stunden. Auch wenn er tendenziell zu viel und zu laut redet, kann man mit Benito gut quatschen. Er ekelt sich zwar anscheinend vor den Affen, denn immer, wenn einer reinkommt, frage ich ihn, ob er ihn auch mal halten möchte, und jedes Mal lacht er unergründlich, und murmelt mit seinem akzentuierten Englisch, dass die Deutschen alle crazy seien.

Dennoch, Unterhaltung tut in diesem Tagen gut.

Vereinsamung ist in etwa so wie eine Badewanne, bei der man gerade den Stöpsel gezogen hat. Am Anfang sickert das Wasser scheinbar so langsam in den Abfluss, dass man meint, es tue sich gar nichts, aber sobald man es richtig sehen kann, geht es rasend schnell und man sitzt auf dem Trockenen.

Geht mir auch so. Ich habe nicht aufgepasst. Ich dachte, ich sei so cool, dass ich nie in so eine Lage komme. Die Leute aus der Schule, die Leute vom Studium, die Leute aus der Kneipe, die Leute von der Arbeit, die WG, der Marèchal – irgendwie sind alle weg. Die einen habe ich verlassen, die anderen mich. Die meisten waren Idioten, um die ist es nicht schade. Das Dumme ist, dass man keine neuen Freunde findet, sobald man keine alten mehr hat. Es ist, als hätte man das berühmte Mal auf der Stirn. Ab und zu gehe ich mit Benito in meine brasilianische Ex-Stammkneipe, aber es ist nicht wirklich toll. Ich kenne niemanden mehr und die Niemande kennen mich ebenfalls nicht. Für gewöhnlich hat der Italiener zwanzig seiner Sprachgenossen im Schlepptau und mit denen redet er im Gegensatz zu in der Wohnung auch in seiner Heimatsprache.

Allerdings rast das Gespräch fetzenweise in einer Geschwindigkeit, dass ich mich fühle wie ein Inselberg inmitten eines Taifuns. Die meiste Zeit verstehe ich gar nichts oder nicht schnell genug, denn mit dem VHS-Italienisch, das ich gelernt habe, hat diese gerollte und eingespeichelte Silbensammlung ziemlich wenig zu tun.

Ich versuche es dennoch tapfer, mal mit viel, mal mit gar keinem Alkohol, aber das Endergebnis verändert sich nicht und nach einem weiteren Abend, an dem ich drei Stunden lang hauptsächlich den Tisch festgehalten habe, lehne ich alle folgenden Einladungen unseres Mitbewohner-Praktikanten, der das natürlich höflich beklagt, aber vermutlich schon lange erwartet hat, ab.

Ironischerweise fällt dieser Entschluss mit den ersten schlechteren Tagen des Sommers zusammen. Tage, die nicht wirklich schlecht sind, aber über denen ein Schatten zu liegen scheint, als würde der Herbst hinter der Sonne hervorlugen und sich Stück für Stück in die Farben und Schatten der Welt schleichen.

Es ist die Phase, in der das schöne Wetter nicht mehr schön ist, sondern man sich innerlich zerrüttet fühlt, weil die Temperatur tagsüber manchmal abfällt und am Abend unlogischerweise wieder ansteigt. Wenn das Thermometer Hau-den-Lukas mit dem Kreislauf spielt. Wenn die lauen Nächte drückend und zu warm zum Schlafen sind. Überhaupt: die Nächte. Das ist mir früher nie so aufgefallen, wie schlimm eine Sommernacht in der Stadt sein kann. Wahrscheinlich, weil ich die letzten Sommer nachts getanzt habe, und nicht gemodert. Jetzt sind es endlose Stunden in einem stetigen Wechsel zwischen Fenster auf und Fenster zu. Fenster zu bringt etwas Ruhe vorm Straßenlärm, aber auch unerträgliche Schwüle, Fenster auf bringt gleichzeitig frische Luft und Abgasgestank, vom Krach ganz zu schweigen. Der Schlaf aus früheren Tagen ist von einem ruhigen, tiefen Teich zu einer Ansammlung von seichten Pfützen geworden. Als wäre das noch nicht genug, treiben die vielen Geräusche von draußen, die Autos, das Gekreische der Betrunkenen, die Tiere am Fluss, es miteinander und gebären dabei neue Geräusche, die mich ständig aufschrecken und glauben lassen, Hitlers erfickten gerade einen weiteren Höhepunkt. Jedes Mal folgt angestrengtes Lauschen, lässt mich weitere Minuten Schlaf verlieren und tränkt mein Herz in Adrenalin, was mich dann eine weitere Stunde kostet. In der Folge bin ich auch an den Tagen irgendwo zwischen Schlafen und Wachen und wenn es schon niemanden bei mir zu Hause interessiert, hilft es nicht bei der Jobsuche, denn ich bin nach wie vor ohne feste Arbeitsstelle.

Gelegentlich ergeben sich gleichnamige Jobs, entweder über das Studentenarbeitsamt oder eine Tagelöhnerbörse im Netz. Meistens geht es darum, irgendetwas zu schleppen. Zwei Stunden Fahrt für eine halbe Stunde Arbeit und fünfzig Euro, die man sich mit zwei Pakistani oder anderen Ausländern teilen muss, die eben auch noch gekommen sind. An den guten Tagen bekomme ich als einzig Deutschsprachiger direkt vom Kunden das Geld und behalte einen Verhandlungsbonus für mich ein. Wenn die Ausländer aufmucken, sage ich: »Ok, let's call the police and see, what they say«, und sie sind ruhig bis auf die zwischen den Zähnen gemurmelten Verfluchungen. Aber was sollen mich die schrecken?

Es wird so schon immer schlimmer. Ohne Einkommen muss ich meinen Lebensstandard krass einschränken. Ich kann nicht mehr oft ausgehen, Getränke und Eintritte sind teuer. Ich kaufe keine neuen Klamotten, aber dafür hatte ich noch nie einen Sinn. Ich gehe auch nur noch selten ins Kino, aber alleine macht das sowieso keinen Spaß, denn man kann niemandem mit Worten vermitteln, wie gut oder schlecht ein Film wirklich ist. Ich kaufe vorwiegend bei Aldi und keine Bioprodukte mehr und habe das Gefühl, dass mein Körper sich nur noch im Dämmerzustand befindet, weil er die ganze Industrienahrung verdauen muss und das die Eröffnung neuer Giftmülldeponien erfordert, die natürlich Energie ziehen. Dazu der Schlafmangel und keine Aussicht auf ein Highlight oder eine Veränderung, für die es sich noch lohnen würde, jeden Morgen aufzustehen. Das Schlimmste an meinem Verfall ist aber, dass alle in der Wohnung es mitkriegen.

Jeden Tag Eva unter die Augen treten zu müssen ist Folter. Ich bin immer da und sie hält mich mit ihrem beschränkten Horizont inzwischen wahrscheinlich für ein Möbelstück. Hitler und sie fahren oft weg. Übers Wochenende oder auch mal einen Tag länger. Manchmal auch nur für einen Tag. Und wenn sie zurückkommen, bin ich immer ein Stückchen mehr verschwunden. Ich fühle mich wie in Treibsand steckend. Dieses Haus, diese Wohnung, alles andere, es lässt mich nicht mehr raus und zieht mich immer tiefer in sich hinein. Ich kann mir wegfahren nicht leisten. Ich kann mir bleiben bald nicht mehr leisten. Was gibt es dazwischen? Muscheln anlegen und mit einem der Stützpfeiler verwachsen?

Aber genauso wie der Charakter bei *Pirates of the Caribbean* würde ich dann träumen. Von Leben, von Farbe, von Eva. Draußen tobt der Herbst.

Eva. Ich liebe dich.

Eva ist tot.

Gestern am späten Abend wurde sie beim Fahrradfahren von einem Ast erschlagen. Ihr Kopf soll aufgesprungen sein wie ein rohes Ei, das gegen eine Wand geworfen wurde. Futsch. Hin. Alles kaputt. Es ist, als hätte jemand eine Stahlkralle genommen, sie tief in meine Eingeweide versenkt und dann herumgedreht, bis alles dort aus der Halterung gerissen ist, Muskeln, Därme, Nieren, Magen. Der Stahl wütet tief und unbarmherzig. Hitler sagt es mir per E-Mail. Er ist bei seinen Eltern zu Hause und lässt sich trösten. Ich gehe zu Benitos Zimmer und überbringe ihm die Nachricht. Er ist betroffen, das aber viel zu überschwänglich. Er jammert, fleht die Heiligen Väter und Mütter um Gnade und Erbarmen an und ich ertrage sein zu lautes Geklage nicht. Mir wird schlecht. Das Zimmer fängt an sich zu drehen. Als ich zum Bad haste, dreht sich die ganze Wohnung. In jedem Zimmer, an dem ich vorbei komme, erwarte ich, ihren zerfetzten Leichnam liegen zu sehen. Vor dem Bad habe ich den Eindruck, man könne in der Küche im Türrahmen eine Fußspitze sehen. Da liegt jemand. Ich torkele rüber, das ist ein Fuß, Eva, du … Nichts. Die Küche ist leer, bis auf unseren Müll, der dort herumliegt. Ich erbreche mich in die Leere und was aus mir herauskommt, sind Fleisch- und Knochenabfälle wie das, was von Evas Körper übrig ist.

Zur Beerdigung bin ich nicht eingeladen. Oder vielleicht war ich es, aber niemand hat mir Bescheid gesagt. Als Hitler zurück in unsere vier Wände sickert, ist Eva schon unter der Erde. Hitler ist blass, vermute ich, jedenfalls bewegt er sich blass seit er wieder da ist. Ich würde ihn gern trösten, bringe es aber nicht über mich. Der Gedanke, Hitler zu umarmen, lässt mich innerlich erschauern. Weniger wegen der Haare, als mehr wegen der Antipathie. Ohne Eva ist Hitler nur ein halber Mensch und das meine ich so wörtlich, dass ich geneigt bin, Hitler den Status des Mensch-Seins abzusprechen. Wo vorher nicht viel war, ist nachher nur noch ungenügend, oder so. Der Italiener seilt sich die meiste Zeit ab, weil sein sonniges Gemüt die dunkle Stimmung in der Wohnung nicht mehr aushält. Wieder eine wunderbare Analogie, vielen Dank. Fünf Rückwärtsgänge und ein Vorwärtsgang, das ist es, was einen italienischen Panzer von einem deutschen unterscheidet, war einer der Lieblingswitze meines Opas. Ich sehe ihn meistens nur Sonntagnachmittags, wenn er duschen und Klamotten wechseln kommt. Den Italiener, mein Opa ist tot.

Manchmal schmeißt er eine Waschmaschine an und holt die Sachen dann am folgenden Wochenende aus dem Wäschekorb. Dass sie dann noch feucht sind und jedes Mal mehr nach Moder stinken, scheint ihn nicht zu stören. Ich bin mir sicher, dass er bald auszieht. Was machen wir dann? Ich spreche Hitler auf das Thema Miete an, aber er nickt nur apathisch und murmelt, er denkt drüber nach. Ich weiß nicht, was schlimmer ist; mit einem gespenstischen Hitler hier alleine zu hausen oder dass wir bald noch einen Mitbewohner verlieren. In unseren guten Zeiten waren wir vier Vollzahler, wenn der Behelfs-Mussolini auszieht, sind wir nur noch zu zweit und ich kann mir nicht vorstellen, dass irgendjemand ihn ersetzen wird, denn die Stimmung aus Kälte und Trauer kann man mittlerweile förmlich greifen.

Das Wetter vor der Tür hängt noch nach, in den Straßen tobt und stürmt es, dabei sind wir über diese Phase doch schon hinaus. November müsste es sein, dann würde das Bild wieder passen. Aber es ist noch Oktober, denn dem Kalender ist natürlich egal, wie die Stimmung zu Hause bei Hitlers ist. Aber das kommt noch. Der Endsieg wird unser. Da bin ich sicher.

1945

Benito hat uns mitgeteilt, dass er am ersten Dezember auszieht. Das ist in einem Monat. Vertragsgerecht. Wenn wir es früher schaffen einen Nachfolger zu finden, wäre das toll, sagt er. In der ersten Novemberwoche räumt er sein Zimmer aus. Es bleibt irgendwie nackt und kahl zurück, trotz des Teppichs, des Tisches, des Schrankes und des Bettes. Ich versuche, aus der Besenkammer einen halbwegs ansprechenden Raum zu schaffen. Mit mäßigem Erfolg. An das ehemalige Zimmer des Marèchals geht keiner von uns. Zu viele Erinnerungen, zu viel Eva. Es werden einige Castings für neue Mitbewohner angesetzt, aber wie erwartet ohne Erfolg. Ich denke, Hitler geht es wie mir: Ich will hier nicht mehr sein.

Aber ich kann nicht weg. Ich bewerbe mich bei mehreren WGs, die freie Zimmer haben, aber spätestens, wenn die Sprache auf die Arbeitssituation kommt, sehe ich, wie die Scheuklappen bei den anderen runter gehen. Ich könnte lügen, aber dann müsste ich danach jeden Tag irgendwo Zeit verbringen oder mir fadenscheinige Erklärungen einfallen lassen. Für beides habe ich keine Kraft. Jetzt weiß ich, was das Sprichwort von wegen *Zu viel zum Sterben, zu wenig zum Leben* meint. Mir fehlt morgens die Kraft zum Aufstehen, aber ich schaffe es auch nicht, einfach liegen zu bleiben. Ich versuche es, schreibe einen Abschiedsbrief (Testament) und lege mich zum Sterben ins Bett. Als ich das dritte Mal zum Pissen aufstehen muss, sehe ich ein, dass es nicht funktioniert. Kein Platz für mich in Gottes WG. Oder ich habe Gott so sehr gelangweilt, dass er mich vergessen hat.

Eines Tages klingelt es an der Tür. Ich warte, bis es ein zweites Mal läutet, ehe ich mich hin schleppe. Keine Ahnung, wo Hitler ist. Ach ja, Hitler hat ja noch Arbeit.

Ich öffne. In der Tür steht Nicole. Ich kneife die Augen zusammen, damit die Halluzination weggeht. Scheiß Industrienahrung. Aber Nicole steht immer noch da, als ich die Augen wieder öffne. Ich sehe an ihrem Blick, dass sie mich eigentlich wieder anfallen will, mein Aussehen sie aber davon abhält. Ich sehe an mir herunter. Schon beim Neigen des Kopfes bemerke ich einen unangenehmen Geruch. Meinen unangenehmen Geruch. Was habe ich da eigentlich an? Ich kann weder Farbe noch Form der Hose, die ich trage, bestimmen. Es ist alles irgendwie ein Knäuel. Bevor Nicole irgendetwas sagen oder tun kann, krächzt eine heisere Stimme aus meinem Mund: »Sorry, ist schlecht grad, komm später wieder«, und ich schließe die Tür vor ihrer Nase. Ich bleibe stehen und lausche. Sie auch. Ich kann die Bewegung ihres Armes spüren, wie sie ihn hebt, um noch einmal zu klingeln oder zu klopfen. Aber sie führt die Bewegung nicht aus, lässt ihn nach einer kurzen Weile sinken, dreht sich dann zögerlich auf dem Absatz und geht mit erst zarten, dann immer bestimmter werdenden Schritten die Treppe runter.

Zurück bleibt nur ihr Duft.

Und Schmerz.

Die Grundidee des Parfums … die Droge aller Drogen … der Schweiß und die Haut, sie speichern die Gefühle ihres Trägers, die Angst, Wut, Trauer, Freude, Geilheit. An jemandem zu lecken ist wie einen Lochstreifen in einen Computer einzuführen, ein Abstrich unterm Mikroskop, alles was es braucht, ist die Fähigkeit zu lesen! Die Nase wie Bluetooth, kabellose Übertragung. Laserspionage. Die Nase ist das feinste Instrument des Körpers und selbst der Geschmackssinn nichts weiter als ihr Sklave, untergeordnetes Fußvolk. Wer nicht riechen kann, kann auch nicht mehr schmecken. Aber wer nicht mehr zu genießen ist, ist ebenfalls ungenießbar geworden, denn er hat niemanden mehr, an dem er genießen kann.

Nicole …

Nicoles Duft und ich stehen gemeinsam in den zwei Kubikmetern Luft an unserer Wohnungstür und er geht als Erstes. Dabei kann ich förmlich spüren, wie er seine ätherische Nase rümpft und sich dann durch den Türschlitz verflüchtigt. Mit einem leisen »Pah« und einem angewiderten Gesichtsausdruck, was schmerzt, denn Nicoles Duft hat das schönste Gesicht, das ich mir vorstellen kann. Zurück bleiben ich und mein Gestank.

Der Gedanke, fortan nur noch diesen Duft in meiner Nase zu haben, bringt das Fass zum Überlaufen. Wie in den alten Filmen reiße ich mein Gesicht gen Decke, mir mein Hemd in Fetzen von der Brust und schreie laut und verzweifelt. Das geht immer einfach, wenn niemand da ist und die Partei oben drüber annähernd taub. Für einen Moment folgt mein Bewusstsein meinem Schrei, dringt durch Balken, Holz und Zement, schwebt am verdutzt in den leeren Raum starrenden Anwalt und einem die Ohren spitzenden und in der Onanierbewegung verharrten Fred vorbei, der sich in diesem Moment an Michael Mittermaiers Kommentar zu Lassies auskultativen Fähigkeiten während eines Sturms erinnert (»Horch, da pfeift einer«).

Mit dem Schrei verlässt mich auch ein Stück von mir. Ich hoffe, dass es nur der Wahnsinn ist, der die Trägheit und die Hoffnungslosigkeit mit sich reißt. Wahrscheinlich ist er das nicht, nicht allein. Als ich erst verstumme und dann pfeifend Luft hole, fühle ich mich wie eine offene, blutende Wunde. Es pulsiert, strömt und brodelt aus mir heraus. Ein Teil meines Selbst ist abgerissen, ein Teil, der schon lange locker war; wie ein Zahn, der schon lange gewackelt hat und jetzt endlich aus dem Fleisch gerissen wurde und eine seltsame Glätte und Leere hinterlässt.

Auf dem Weg ins Badezimmer fühle ich mich wie jemand, der gerade Laufen lernt. Oder als ginge ich auf rohen Eiern. Meine Fußsohlen pulsieren, jeder Schritt verdrängt literweise Blut, das verzweifelt und kopflos wieder zurückzufließen versucht. Kein Platz im Rest des Körpers, auch da überall wahnsinnig gewordene Körpersäfte, als hätte die Wunde kein Loch gerissen, sondern einen Stöpsel gezogen.

Vorsichtig mit dem Kopf, immer wenn ich ihn zur Seite neige, kippt das ganze Badezimmer mit. Trotzdem schaffe ich es unter die Brause. Der Dreck platzt in großen Placken von mir ab und fällt klirrend in die Badewanne. Der Schutt stapelt sich dort wie auf der Abfallhalde einer Baustelle. Es ist beim Aussteigen schwer, mit dem ganzen Gewimmel im Körper über das Geröll zu kommen, ohne mit dem Fuß hängenzubleiben. Ich klammere mich mit beiden Händen am Badewannenrand fest und klettere über die Kante wie ein Kind über einen Zaun. Geschafft. Eine Spur aus Tropfen hinterlassend finde ich den Weg in mein Zimmer. Ich kann mich nicht abtrocknen, zu viel im Kopf, zu viel Kribbeln unter der Haut. Nass wie ich bin, stecke ich mich in frische Kleidung. Egal wie sie aussieht, Hauptsache, sie ist sauber. Ich muss raus, raus aus mir, raus aus dem Haus, ich muss riechen, ich brauche andere Menschen, ihre Kleidung, ihren Duft! Herr, warum hast du mich aus dem Paradies vertrieben?

Die Straßen sind grau und dunkel. Die Welt hängt wieder hinterher. Das hatten wir schon, jetzt sollte alles leuchten, Dezember und Schnee und Wintersonne. Stattdessen ist es grau. Ich lebe zu schnell. Unglaublich, selbst wenn man gar nichts tut, rast man am Leben vorbei. Meditieren die Asiaten deswegen? Um einmal den Schritt der Zeit zu treffen und zu fühlen, was Leben heißt? Leben. Wie Bäume die Farben der Blätter, verstecken die Menschen ihr Leben tief in sich, unter dicken Schichten von Wolle, Baumwolle und Funktionskleidung. Dabei ist es gar nicht so kalt, es ist nur … grau. Graues grau. Wenn ich zu lange in dieses Grau starre, fängt mein Blick an zu flimmern. Menschenmäntel verschwimmen mit dem Himmel, verschwimmen mit dem Fluss. Der Fluss trägt sie alle weg. Ich darf ihn nicht zu lange anstarren, sonst reißt er mich auch mit. Ich brauche lange, um mich vom Anblick des Stroms zu lösen. Jedes

Mal verfängt sich mein Blick wieder in ihm und ich spüre, wie er an meinem Geist zerrt, ihn aus meinem Kopf reißen will. Ich halte mir den Kopf mit beiden Händen fest, bis ich siege und mich abwenden kann. Sicherheitshalber halte ich den Kopf auch danach fest. Ich trage mich durch die Straßen. Graue Blöcke rempeln mich an, ich weiß nicht, ob es Menschen oder Autos oder Hausecken sind. Egal, alle sind tot, nichts duftet und was nicht duftet, lebt nicht. Nicht mal Schnee liegt. Was gäbe ich dafür, jetzt Schnee riechen zu können. Nicht den Stadtmatsch, sondern den Schnee auf den Bergen. Nachts, wenn die Luft am klarsten ist, dann schleicht sich der Geruch von Schnee in die Dörfer und schaut durch die Fenster in die Häuser. Man muss klare Nächte abwarten, um ihn riechen zu können, denn Schnee ist blind. Er kann uns nicht sehen. Nur wenn die Luft klar ist, findet er den Weg ins Tal, denn die Trübe steht ihm im Weg. Schnee ist Kristall und Reinheit handelt nicht. Ich presse die Fäuste auf die Ohren und die Augen ganz fest zusammen und suche in meinen Nervenzellen nach dem Geruch von Schnee. Aber es ist ein Geruch, den man sich nicht merken kann, genauso wie Wasser keine Farbe hat, außer man sieht es unter einem blauen Himmel. Schnee ist für die Nase nur in glasklarer Luft in den Bergen greifbar. Nicht von dort zu entfernen, nicht mal in Erinnerung. Eine Spur der Götter.

Als ich die Augen öffne, stehe ich wieder vor unserer Haustür. Verflixt, es ist wie ein Fluch, als binde mich etwas an dieses Haus und stelle es in meinen Weg, egal wohin ich gehe. Es gibt nur einen Weg: Ich muss es abtrennen.

Ich merke schon als ich die Tür aufschließe dass etwas nicht stimmt. So etwas merkt man, wenn man mit einem

Haus so verbunden ist, wie ich es mittlerweile bin. Im Durchgang zwischen den beiden Restaurantteilen ist etwas anders, so etwas wie eine stille Stille. So still wie die Abwesenheit von Leben. Die Stille greift nach mir, greift in mich hinein und das Einzige, was ich dann höre, ist mein Herz, das eigentlich völlig sinnlos viel zu laut schlägt. Aber im Grunde weiß ich es schon. Entgegen meiner Gewohnheit schleiche ich mich zur Eingangstür des Restaurants und spähe hinein. Alles sieht auf den ersten Blick normal aus. Ich will gerade wieder gehen und so etwas wie Erleichterung fühlen, als ich den Fuß entdecke. Er liegt ein bisschen verlassen ein kleines Stück neben der Bar. Mein Magen schließt sich meinem Herz an und beginnt wild zu pochen. Obwohl mir die Knie weich werden, muss ich mir das näher ansehen. In der Tat liegt der Fuß da alleine rum, nur ist das Bein, von dem er stammt, liegt nicht weit entfernt. Eine Handbreit vielleicht. Ich weiß natürlich nicht sicher, ob der Fuß ausgerechnet zu dem Bein gehört, ich vermute auch, dass beide Teile wie bei einem Puzzle zusammenzudrücken erfolglos sein wird, denn beide blutigen Enden sehen zerfetzt und zermatscht aus, es könnte also der Fuß von jedermann, der einen vermisst, sein. Die Wahrscheinlichkeit ergibt sich daraus, dass von den vier Beinen, die in der Nähe des Fußes liegen, nur eines keinen Fuß hat. Es ist Svetas Bein und Sveta ist tot. Dafür muss man kein Arzt sein. Das große Loch an ihrem aufgerissenen Hinterkopf spricht für sich. Im Moment des Schocks sehe ich das Ganze außerordentlich klar, jemand hat ihr durch den Mund in den Kopf geschossen, zumindest ragen die Knochenecken an der Schusswunde nach außen. Neben ihrem Leichnam liegt der Franzose und er ist noch nicht so weit wie sie. Bei ihm ragen die Knochenteile nach innen und die Wunde ist an der Seite des Kopfes, also scheint er dem oder den Mördern nicht so viel Mühe wert gewesen zu sein wie seine Geliebte. Das kann man auch gut daran erkennen, dass er sich noch bewegt. Ich gehe langsam zu ihm. Er stöhnt etwas. Sein Blick fällt auf mich und es ist noch Bewusstsein in ihm. Einer seiner Arme fängt an zu zucken und es sieht aus, als würde er mich zu sich winken. Ich zögere. Vielleicht sagt er mir den Namen des Mörders und ich muss ihn an die Polizei weitergeben und dann kommen die Russen und machen mich auch noch kalt, denn ich bin mir sicher, dass es die Russen waren. Vielleicht sollte ich lieber erst mal einen Krankenwagen rufen. Aber er stirbt und eigentlich ist es egal. Ich knie mich neben ihn. In den Filmen nehmen die Leute immer den Kopf des oder der Sterbenden und betten ihn auf ihrem Schoß. Dazu kann ich mich bei ’arry nicht durchringen. Ich lege ihm die Hand auf die Schulter und achte darauf, kein Blut zu berühren. Das muss reichen.

»Ihaghrepflrs«, oder so etwas Ähnliches kommt aus ’arrys Mund, immer wieder unterbrochen von einem kleinen Schwall Blut. Ich warte geduldig. In seinem Blick kann ich sehen, dass er versucht sich zu sammeln, dass er das eine noch sagen wird, ehe er geht. »Isch … isch …«, ein Mundvoll Blut unterbricht ihn. »Isch … ih hang in … ih hang ihn immer gsst ih …«

»Was?«, rutsch es mir raus. Er strengt sich noch einmal an.

»Isch … er … Hingler.«

»Hitler?«

Er deutet ein Nicken an.

»Hingler, … sacre … fous … que … merde! … eine … Scheißname … deswegen … isscchhhhh … hab … ihn

... immähr ... ge'asst!« Sein Kopf, der sich ein bisschen gehoben hatte, damit er sprechen konnte, sinkt wieder zu Boden. »Ge'asst«, sagt er noch einmal, sanft dieses Mal, eher eine Feststellung. Dann schließt er die Augen, wie jemand, der endlich fertig ist, und stirbt. Zurück bleiben die Stille und ich. Ich hocke neben den beiden Leichen und sehe von der Bar aus aus dem Fenster. Draußen scheint die Sonne. Gott hat den Vorhang aufgezogen, das Stück ist zu Ende. Die Leute, die vorbeilaufen, haben dieses Luftige, Beschwingte, das dem Sommer so eigen ist, die Zuschauer verlassen den Kinosaal und blinzeln in die echte Welt. Hier drinnen dagegen ist tote Kälte. Dieses ganze Haus ist tot, war es schon immer, und es hat uns alle mitgerissen – den Marèchal, Eva, die Schneekönigin, 'arry, Sveta, den Italiener, nur Hitler und ich sind noch übrig. Und der Kackspuren-Man, aber der hat einfach rechtzeitig den Absprung geschafft. Eigentlich grotesk. Wenn ich jemandem den Tod gewünscht hätte, dann ihm. Ich werfe einen letzten Blick auf die Straße wie auf eine Welt, zu der ich nicht mehr gehöre. Als ich aufstehe, fällt mein Blick auf das Telefon an der Bar, aber ich habe erst mal Wichtigeres zu tun. Der Franzose hatte recht. Hitler ist ein Scheißname. Hitler ist überhaupt so richtig scheiße. Als ich den Gastraum verlasse und zur Treppe gehe, höre ich oben schon die Affen kreischen. Unsere Wohnungstür öffnet sich von selbst, dahinter warten sie auf mich. Die Tiere sind wie wild geworden. Als hätten sie die Tollwut springen sie kreischend im Flur hin und her. Einer von ihnen hat unseren großen Hammer in seinen Klauen. Als ich den Multifunktionsflur betrete kommt Hitler aus der Küche, anscheinend will er sehen, wo der Krach herkommt. Das trifft sich gut. Bevor er etwas sagen kann, stürzt sich der Affe mit dem Hammer auf ihn und schlägt ihm mitten ins Gesicht. Es knackt hässlich. Danach ist alles ein Wirbel aus Fell und Blut. Die Affen springen wild kreischend um Hitler herum, werfen sich den Hammer zu und schlagen abwechselnd damit auf ihn ein. Hitler wird förmlich von ihnen niedergemacht. In dem Maß, wie sein Blut unsere Küche füllt, schrumpft er zu einem unförmigen Klumpen Fleisch zusammen. Am Ende wirft der letzte Affe mir den Hammer zu und die Meute stürzt an mir vorbei durch den Flur und verschwindet im Treppenhaus. Noch einige Momente, dann verklingen ihre Schreie und ich bleibe wieder mit der Stille zurück. Der Hammer in meiner Hand tropft von Hitlers Blut und ich kann mich nicht mehr erinnern, ob ich auch zugeschlagen habe. Aber auch das ist mittlerweile egal. Hitler ist tot und damit auch endgültig unsere WG. Meine Zeit in diesem Haus ist vorbei. Ich lege den Hammer auf den Küchentisch und gehe ein letztes Mal durch den Multifunktionsflur. Als ich die Treppe hinuntersteige, habe ich den Eindruck, dass sie nicht mal mehr knarzt. Das Haus hat endlich kapituliert. Sieg. Ich brauche es nicht mehr abzubrennen; der Fluch ist gebrochen. Ich überlege, ob der Vermieter es wohl abreißen oder Versuche unternehmen wird, es wiederzubeleben, bevor er merkt, dass das nichts mehr bringt. Unten angekommen gehe ich am Restaurant vorbei ohne noch einmal hineinzusehen. Der dumpfe Laut, als die Tür hinter mir ins Schloss fällt und ich auf der Straße stehe, besiegelt diesen Abschnitt meines Lebens endgültig. Die Welt außerhalb des Bunkers wartet auf mich mit Licht und Leben. Ich muss mich nur für eine Richtung entscheiden. Während ich noch unschlüssig mit dem Rücken zur Tür dastehe, nähert sich von rechts ein Kleinlaster. Als er näher kommt, erkenne ich den Fahrer. Es ist Hilal. Er erkennt mich auch und der Hass in seinen Augen blitzt auf. Er drückt spontan aufs Gas und lenkt seinen LKW in meine Richtung, aber ich weiß, dass er mir nur Angst machen will. Es ist einfach klar. Am helllichten Tag wird niemand einfach so jemanden überfahren, vor Zeugen und allem, deswegen bewege ich mich nicht und in der Tat dreht er wenige Meter vor mir ab und wählt einen Kurs, an dem er so nah an mir vorbei fahren wird, dass ich den Luftzug des Autos spüren kann. Das alles wird mir in dem Bruchteil der Sekunde klar, als ich die Hände auf meinem Rücken spüre. Im Augenwinkel sehe ich einen langen dunklen Schatten hinter mir und gesponnene Fäden aus Gold, die sacht hin und her wiegen wie Schilfgras im Wind. Der Stoß kommt beinahe im selben Sekundenbruchteil und bevor mein Kopf an der Ecke der Motorhaube knapp über dem Scheinwerfer zerplatzt wie ein reife Wassermelone, fällt mir noch ein Detail an der Person, die mich gerade umbringt, auf: Sie riecht gut.

Ende

MARCUS ERTLE

WARTEN AUF ... ZUFALLSINTERVIEWS

Marcus Ertle findet seine Interviewpartner an den verschiedensten Orten, und doch haben alle eines gemeinsam: Sie warten gerade auf irgendetwas und Ertle will wissen, worauf.

In 40 Einzelinterviews nähert sich Marcus Ertle der Wahrheit immer sehr schnell und zielstrebig. Dabei sind es keine berühmten Persönlichkeiten, sondern Zufallsbekanntschaften, die er beim Warten auf... an Straßenecken, Cafes und Bushaltestellen trifft.

Was daraus entsteht, sind überraschende Gespräche, die den Leser mal zum Weine und mal zum Lachen bringen.

Marcus Ertle, Warten auf ... Zufallsinterviews
Taschenbuch | 204 s. | 9,99 €
ISBN: 978-3-942920-22-3 | Veröffentlichungsdatum: 01.03.2013

ANDY STRAUSS

KUCK DIR DIE TIERE AN, WIE GLÜCKLICH DIE IMMER SIND

Was würdest du tun, wenn du nur noch zwei Monate zu leben hättest?
Oder wenn du dir mit der Idee eines Freundes einen goldenen Arsch verdient hättest, ohne ihn daran zu beteiligen?
Und was würdest du tun, wenn du schon immer eine Kerze hättest sein wollen, aber niemand nimmt diesen Wunsch wirklich ernst?
Wie geht man mit scheinbar unlösbaren Problem um?
Ganz einfach: Kuck dir die Tiere an, wie glücklich die immer sind.

Ein Roman über Schuld, Sühne und Suggestion.

Andy Strauß, Kuck dir die Tiere an, wie glücklich die immer sind
Hardcover | 160 s. | 14,95 €
ISBN: 978-3-942920-15-5 | Veröffentlichungsdatum: 26.09.2012

Les Dérouilleurs

Ces Français de banlieue qui ont réussi

Du même auteur

Le Gone du Chaâba, prix des Sorcières 1987, prix de la ville de Bobigny 1987, Seuil, Collection « Points-Virgule », 2001
Ahmed de Bourgogne, Seuil, 2001
Le Passeport, Seuil, 2000
Du bon usage de la distance, Seuil, 1999
Zenzela, Seuil, 1999
Place du Pont, la Médina de Lyon, Autrement, Collection « Monde », 1997
Dis oualla !, Fayard, 1997 ; Mille et une nuits, 2001
Les Chiens aussi, Seuil, Collection « Points-Virgule », 1996
Espace et Exclusion, L'Harmattan, 1995
Quartiers sensibles (en collaboration avec Christian Delorme), Seuil, Collection « Points-Virgule », 1994
L'Ilet-aux-Vents, Seuil, Collection « Points-Virgule », 1992
La Ville des autres, Presses universitaires de Lyon, 1991
Écarts d'identité (en collaboration avec Abdellatif Chaouite) Seuil, Collection « Points-Virgule », 1990
Béni ou le Paradis privé, prix Radio Beur 1989, prix Falep du département du Gers 1990, Seuil, Collection « Points Virgule », 1989
L'Immigré et sa ville, Presses universitaires de Lyon, 1984 (épuisé)

Un train pour chez nous, Thierry Magnier, 2001
Les Voleurs d'écritures (illustré par Catherine Louis), Seuil, 1998
Quand on est mort, c'est pour la vie, prix du livre Hebdo, prix France Télévision 1997, Gallimard Jeunesse, 1998
Mona ou le bâteau-livre, Le Chardon bleu, 1997
Ma maman est devenue une étoile (illustré par Catherine Louis), La Joie de lire, Genève, 1995
Le Temps des villages, La Joie de lire, Genève, 1994
Une semaine à Cap Maudit (illustré par Catherine Louis), Seuil, Collection « Petit Point », 1994
Les Lumières de Lyon (en collaboration avec Claude Burgelin et Albert Decourtray), Éditions du Pélican, 1993
Les Tireurs d'étoiles (illustré par Josette Andress) Seuil, Collection « Petit Point », 1992
Jordi ou le Rayon perdu, La Joie de lire, Genève, 1992
La Force du berger, prix Européen du livre Jeunesse 1991, La Joie de lire, Genève, 1991